京都はんなり、かりそめ婚
洛中で新酒をめしあがれ

華藤えれな

ポプラ文庫ピュアフル

目次

京都はんなり、かりそめ婚

～洛中で新酒をめしあがれ～

華藤えれな

ポプラ文庫ピュアフル

1　いきなり求婚……ありですか？

「――おれと結婚してください」

　出会ったばかりのイケメンに、突然、プロポーズされてしまった。正確には、その前に一回会ったことのあるひとだけど――。

「これは人助けです。お金も払います」

「え……ええーっ」

　びっくりしすぎて声をあげるしかない。

　今、わたし、結婚、もうしこまれなかった？

　しかもお金？　どうして？　どういうこと？　人助けって？

　頭が真っ白になり、ただただぽかんと口をあけることしかできない。

　ここにくるまで、不運の連続だった。

　仕事を失い、住んでいた家を失い、荷物もなくし、お金はなく、さらには怪我をして動けなくなって。

　そんなときにいきなりの求婚。しかも、かなりの美しい和風顔の男子から……。

これって、人生の大逆転？

それともなにかの間違い？　不運の続き？　なにかの悪い夢？

誰か答えを教えて――――。

◇◇◇

その半日前。

朝から細い路地の奥にある小さな公園のベンチに座り、遠野沙耶《とおのさや》は猫のケージを抱きしめながら、寒さにふるえ、とほうにくれていた。

まずい、どうしよう、住むところがない。

真冬の京都で家がないって、どんな罰ゲーム？

季節は、二月の中旬。京都で最も寒いといわれている時期だ。見あげると、今にも雪が降り出しそうな空が広がっている。

あたたかい南国土佐《とさ》出身の沙耶には、ことさらこの寒さが身に沁みる。

「ソラくん、どうしよう……困ったね」

今にも死にそうな声で沙耶が話しかけているのは、ケージのなかにいる愛猫のソラくん。

もちろん返事はない。

マイペースな彼は飼い主の窮地《きゅうち》などまったく気にせず、のんびりした顔でぐっすり眠っている。

グレーまじりの白い毛の感触がふわふわとして心地がいい男のコだ。


――まあ、なんて平和そうな猫ちゃん。

――この猫、いつも笑ってはるねぇ。飼い主さんにお顔がそっくりやねえ。

――天下泰平って感じやなあ。


会うひと会うひと、そんなふうに言う。

だけどこんな顔をしていながらソラくんは意外と気むずかしい。それにかなりの人見知りで、沙耶以外には決してさわらせない。

誰に話しかけられても、どれだけ褒められても、フードを差しだされても完全無視。そこが飼い主としてはたまらなく愛おしいのだけれど、自分がいなくなったらどうなるのだろうと心配でもある。

「あーあ、猫連れで泊まれるとこ、ないかな」

さっきからスマートフォンで、猫連れＯＫの宿泊施設がないか検索しているのだが、なかなか見つからない。この寒さのせいか、バッテリーの減りが早くて不安になってきた。

家なし、職なし、貯金なし、コネなし、彼氏なし、美貌なし。猫あり。アラサーという年齢あり。

客観的に見ても、いや、見なくても完全に負け組に属している女子である。

ううん、違う、負け組どころか、どん底女子だ、わたし……。

いっそこのままここで野宿する？　それともスタンダードに鴨川《かもがわ》の橋の下？

（そういえば、昔、新聞紙とか段ボールに包まれると、あたたかい……と、聞いたことがあるけど）

だとしても鴨川のそばはダメだ。まわりに壁があるこんな場所でも死にそうな寒さなのに、水辺なんて考えられない。

明け方、凍りついている自分とソラくんの姿がふと頭に浮かぶ。

「ダメだ、野宿はダメ。そんなこと絶対にできないよね、ソラくん」

話しかけ、沙耶はハッとした。

あ、そうか、ソラくんはこのケージもあるし、なかに毛布も入れてあるから、実質的な野宿は自分だけだ。

冷たい冬の風が公園のなかを吹きぬけ、ちょっとだけくせのある沙耶の髪をふわあっとかきあげていく。首に巻いたマフラーが風になびき、うなじがひんやりとした。

とにかく今夜の寝場所をさがさないと。

もう一度スマートフォンで検索しようとしたとき、ふっと後ろの建物からあたたかな空気がただよってきた。

ふわっ、ふわっ……と、蒸気をふくんだ空気が建物のすきまからもれてくる。

（なに、なに……この空気）

沙耶は目を大きくひらいて公園の裏の建物を見あげた。

でんと黒い木造の建物。どうやらあたたかい空気はそこからきているようだ。

屋根は三角形。グレーの瓦。上のほうに和風の天窓があり、土蔵のような風情のある外観だ。

古めかしい煙突がのびているから、お風呂屋さんなのかもしれない。

ううん、でもちょっと煙突の形が違うように思う。

それにこの音。さっきから、ザザ、ザザ、ザザという不思議な音がひっきりなしに聞こえてくるのはなんだろう。

きっとなにか物作りをしている作業所だ。

上京区《かみぎょうく》には三年間住んでいたけれど、このあたりの奥のほうまできたことはなかった。

あたたかな蒸気まじりの空気と、心地いい音。

すごく癒される。とってもいい感じだ。

なんとなくなつかしい気配がしてほんわかした気持ちになってきた。

波の音に似ているのかな。沙耶が育った土佐の海もいつもそんな音がしていた。

ううん、もっと別の音だ。なんだったのだろう、どこで聞いた音だったのかな。

思いだそうとしながら、沙耶はハッとした。
「ダメだ、ダメダメ、今、そんなこと考えてどうすんの。今日をどう乗りきるかが問題なのに」

沙耶は自分のほおをペンペンと軽くはたき、先日の上司の言葉を頭のなかでよみがえらせた。

『遠野さん、正社員採用の件ですが……なかったことになりました。理由はわかっていますよね？』

突然のクビ切り宣告。

えっ……。なかったこと？　どうして？　理由って？

訊きかえす間もなく、追いうちをかけるように住んでいた場所からも出ていってほしいと言われてしまった。

『明日から新しい契約社員がきます。引き継ぎ、よろしくお願いします。半月後、社宅の鍵もおかえしください』

あのときのショックは忘れられない。

三年間、正社員を目指して一生懸命働いてきて、いよいよ……というところでの、まさかの契約打ち切り。

しかももう次の契約社員が決まっているとは。

（頭を下げてお願いすればよかったのかな。まだ次の仕事も住む場所も見つかっていない。

もう少しだけ住まわせてください……って）

おとといの契約期間が終わる日までは、新しい契約社員さんに引き継ぎをするだけで精一杯だった。

新しい住居をさがす時間なんてまったくなかった。

一応、広告を見たり、ネットで検索をしたりしてみたものの、ペットと一緒に住める手ごろな物件は見つからなかった。

昨日は、一日かけて荷物の整理と掃除で寝る時間もなかったくらいだ。

「さて、ソラくん、どうしようか」

一年前、社宅の前の茂みで拾ったオス猫。あまりにも小さくて、もう絶対助からないと思った。

少しでも大きくなるようにソラくんと名づけたのだが、今では名前の効果もあり、かなり大きな座布団猫になってしまった。

このソラくんと自分とが今日から暮らしていける場所を探す——というのが、今の沙耶の課題だった。

いつのまにか後ろの建物からの音は消えていた。あたたかい空気もなくなっている。

そのせいか首筋や足もとのあたりがだんだん冷えてきた。

いわゆる京の底冷えというやつだ。寒いというよりも痛い。むしろ冷たいというほうが正しい。骨の芯まで冷えこみ、足の指先にチクチク針を刺されているような、そんな痛みを感じさせる冷たさだ。

京都にきてから三回目の冬。夏の暑さも死にそうだけど、これにもなかなか慣れそうにない。いいのは春と秋だけだ。

このままだと凍死する。

鴨川の土手で凍りついて発見される自分。真っ白な霜が髪の毛や服にはりつき、眉毛やまつ毛までカチコチになっている。

そんな自分のまわりに警察官とおおぜいの野次馬。スマホで写真を撮っている人たちもいる。

アラサー女子、職にあぶれて凍死――。ワイドショーでは「果たして彼女になにがあったのか」「クビになったアラサー女子の悲劇」「婚活に失敗か？」等々、ちょっとだけ話題にされる。そして気づけばプライベートが晒され、ＳＮＳで昔の同級生が追悼コメントとともに、学生時代の写真をアップしてしまう。

あの世にいっても成仏できないような、みっともないものがいっぱい出て、『そういえば、あのひと、昔から要領が悪くて……あ、いえ、とってもいいひとだったんですけど……』などと、誰かがインタビューに答える。

（ダメだ、想像したら、絶望しかない）

早く行き先を見つけなければ。ずっとここにいたら、そのうち不審者と通報される。

ベージュのフードつきのモコモコしたダウンを着て、ひざに猫のケージをかかえているアラサー女子。目の前にはスーツケースと大きなリュックがあるが、観光客……には見えないと思う。

（路上生活している貧乏ガール……とまでは、まだいってないと思うけれど）

ため息をついていると、みゃおん、みゃおんと、ケージのなかのソラくんがせつなそうな声をあげはじめる。目を覚ましたらしい。

「ごめん……ごはんの時間だったね」

沙耶は背負ったままだったリュックを下ろし、ソラくんのフードを取りだした。

ゴロゴロと喉の音を立て、ソラくんがおいしそうにドライフードを食べていく。

（がんばろう、一刻も早く、どこかで……住みこみの仕事、さがさないとな）

あと一歩で正社員だったのに。

大好きな京都。あこがれの京都。

勤めていた老舗のリフォーム会社で、大好きな町家《まちや》をリノベーションする仕事に参加する——予定だったのに。

古い建物がどんどん壊されていくなか、京都の町家は、今、古き良き時代の雰囲気を生かしたままリフォームし、個人経営のお店にしたり、民泊にしたりするのがブームになっている。

歴史のある京町家を自分たちの手で残していく。それを手助けする仕事がしたい。と思ってきたのだけど。

（また一からやり直しか）

いいかげん耐えられないほど寒くなってきた。

ふるっと沙耶が身をふるわせたそのとき、公園の入り口に上品な和服姿のおばあさんが現れ、こっちを見た。

「ちょっとちょっと、そこのお嬢さん」

まずい、不審者あつかい？　通報……された？

ドキドキしながら沙耶が身をちぢませていると、おばあさんはなにやら手に紙コップのようなものを持って近づいてきた。

「すみません、あの……わたし、すぐに」

ここを出ていきますから……と、言いかけたそのとき、おばあさんがさっと紙コップを差しだしてきた。

ふわっと香ってくる甘い匂い。それにあたたかな湯気が心地いい。さっき後ろの建物からただよってきた空気ととても似ていた。

「あの、これ」

じっと見つめると、おばあさんはふわりと目を細めてほほえんだ。

「お嬢さん、さっきからずいぶん長くここに居てはるみたいやから、さぞ冷えてはるやろうと思って持ってきたんどす」

はんなりとした京言葉で話しかけられ、沙耶は目をパチクリさせた。

「それ、甘酒ですわ。となりの久遠寺《くおんじ》の境内《けいだい》で、いま、ちょうど配っている甘酒やけどよかったらどうぞ。あたたまりますえ」

ふわふわとした優しい話し方に心がほんわかしてくる。

「あ……あの……わわ、わたし……もらっていいんですか」

寒さのせいか、歯が嚙みあっていないことに今ごろ気づいた。

「どうぞどうぞ。きちんとコップにお寺さんの名前も書いてありますやろ。あやしいもんと違うから、安心して飲んでおくれやす」

ほんとだ。ちゃんと「紫光山《しこうざん》・久遠寺」と印刷されている。

「ありがとうございます」

寒さにほおがひきつっていたけれど、沙耶は思わずほほえんでいた。

久遠寺……。聞いたことがない名前だけれど、よく見れば、この公園の真横にお寺のような建物が建っている。そこが久遠寺だろうか。

「ほんなら、また」

ニコニコと笑いながらおばあさんが去ったあと、沙耶は紙コップに口をつけた。

なんておいしい。口のなかに広がる柚子《ゆず》の香りとぬくもり。

「すごい。なに、このおいしさ」

この柚子の皮の苦味と甘酒の甘さ、それからほんの少しのアルコールが心地よく口のなかで溶けあって、身体の芯まであたたかくしてくれる。

「……」

目の奥が熱くなってきた。ささくれていた心が癒されていく。

沙耶は、もう一口、柚子の甘酒を口にふくんだ。

うわあ、すごい、ほんとにおいしい。

じわじわと血管のすみずみまで血が通っていくような、そんな気がして沙耶は思わず笑みを浮かべた。

そういえば、ここ最近、こんな気持ちになったことはなかった。

おいしさ、優しさ、あたたかさがこんなにも幸せな気持ちにさせてくれるとは。

身体の奥がじんわりとあたたかくなり、人心地がついて、なんか負けてちゃいけないという気持ちになるから不思議だ。

(ああ、あたたかい部屋でソラくんとぬくぬくしながら、こんなおいしいものを延々と味わっていたい)

想像しただけで、未来が明るく感じられてきた。

「よーし、やるぞ」

思わず声に出していた。

人間というのは、なんと単純だろう。

おいしいものを口にすると元気になってくる。たった一杯の甘酒なのに、一気にエネルギーチャージできてしまった。

やっぱり目標があって京都に来たんだから、一度や二度の失敗で負けるわけにはいかない。そうだそうだ、と自分に言い聞かせる。

ありがとう、おばあさん。

「ソラくん、がんばるからね」

沙耶がソラくんのお皿にフードを足そうとしたそのときだった。

みゃおん。

ソラくんがなにかに気づいたように、沙耶のひざから飛び降りていった。

「ソラくん、どこ行くの」

トコトコと足音を立てて道路へと向かう。公園の前は一方通行の細い通りだ。でもけっこう車が多い。

「危ないよ、ソラくん」

沙耶はケージを手にあとを追った。

公園の入り口までできたとき、ソラくんが足を止める。

よかった……と彼を抱きあげてケージに入れたそのとき、バシッと誰かが叩かれるような音が聞こえた。

「……っ！」

びっくりして顔をあげると、久遠寺の裏口前で犬のリードを手にした男性が綺麗な女のひとにほおを叩かれていた。

「あんたって、ほんま、最低の京男やな」

美女が大きな声でののしった瞬間、沙耶はその前にいる「最低の京男」と形容された男性の横顔を見て息を呑んだ。

「あ……っ」

あれは――知っている。あのひと、知っている。

黒い作務衣《さむえ》に若草色のマフラーをつけた職人風の男性。彼の手にはまだ小さな秋田犬のリード。あの男性は、ちょうど半月ほど前、沙耶が働いていた会社にリフォームの相談にやってきたお客さんだ。

古い自宅をリフォームしたいので、見積もりをたててほしい、と。

すらっと細くて背が高い。涼しげな顔立ちと武道でもやっていそうな姿勢の良さが印象的だった。凜々しい感じではあるものの、ちょっと繊細そうな優しげなイケメンだった。

（そうだ、あの男のせいで……正社員になれなかったんだ）

沙耶がクビになった原因。その張本人だ。

そのイケメンのほおを美人がもう一度ぴしゃりと叩く。

「……っ！」

うわっ。あまりの音に、思わず硬直してしまう。

沙耶が近くにいることにも気づかず、数メートル先で美人がなおも彼を責めたてていた。

「ほんまにひどいわ、あんたみたいなひと、まわりにおらんわ」

もう一度女性がバシッと男のほおを叩く。どうしてよけないのだろう。彼女とは対照的に、彼のほうはとても冷静なようだ。

「すみません、往来ですし、どうか落ちついてください」

とても静かで、おだやかな京言葉のイントネーション。一方、女のひとはめちゃくちゃ怒っている。

「落ちつけへんっ。あんたなんか、絶対、地獄みるで。そこのえんまさんに奉納したいくらいや」

地獄？　そこの？　ああ、千本ゑんま堂のことか。ここから北にむかったところにこの世とあの世の境にいる閻魔《えんま》大王を本尊にしている寺がある。

「それなら大丈夫でしょう。閻魔さまもそう暇じゃないですからね。でも、おおきに。冷たくて大嫌いな男にそんな心配してくれて」

優しげな笑み。はんなりとした、ていねいな話し方。ただし心がこもっている感じはしない。「おおきに」と言いながら、絶対、本気でありがとうなんて思っていないのが伝わってくる。裏の意味がこめられた、イケズな言動。

あれには覚えがある。

つい先日、沙耶も会社で経験したけれど、ああいうお礼の言い方は、相手にはむしろ地雷。ムカつかせること間違いなし。

以前に会ったとき、蹴っ飛ばしたくなったのを思いだす。

あのときのことは思い出しても足が小刻みに震え、心臓が激しく乱打する。

優しい笑顔できついお言葉をつらつらと。

『その遠野さんという社員さんの意見……ありがたいんですけど、今、そんなことを言われたら、契約するの、ためらってしまいますよ？』

『もったいないんじゃないんですか？　その社員さんを、わざわざここで雇うのって』

『おおきにどうも。遠野さんでしたっけ？　あなたの意見のおかげで考え直すことができました。迷ってたんです。ほんまにおおきに』

おおきにじゃなーいって、と叫びたくなった記憶。

名前は、たしか……新堂《しんどう》……何とか……という名前だ。

（思いだした、新堂すぐる……忘れもしないその名前……）

さんざんわたしのことをひどく言って、契約もせず……。

ああああ、思い出してもムカムカしてくる。どうして初対面のクライアントにあんな言われ方をしなければいけなかったのか。

おかげで契約打ち切り、いわば、クビよ、クビ。

あんな男、もっと叩かれたらいいのよ、そうだ、どんどんやっちゃえ。

公園の前にある掲示板のかげに隠れ、心のなかで女性を応援していると、さらに彼女は男を非難しはじめた。

「新堂ちゃんて、ほんまにひとをムカつかせんの、うまいわ。わたしには一ミリも造ってくれんかった柚子の甘酒、隣のお寺のおばあさんにあげたりして」

えっ……柚子の甘酒――？

沙耶は思わずソラくんを抱いたまま、公園の茂みの後ろにしゃがみこんでさらに聞き耳を立てた。

「あれは久遠寺さんからの依頼で造った商品です。柚子の数が少なかったから余分に作れなかった。それだけですよ」

「でもお寺のおばあさんに言ってなかった？　公園の寒そうなひとにも分けてあげて欲しいって」

「言いました」

えっ、公園の寒そうなひと？　それってわたし？

「それなのに、わたしにはくれないってのはどういうこと？」

「欲しかったら、欲しいと言えばいいんです」

「えっ、ふつうは、知りあいなら、どうぞって自分からすすめるもんと違うの？」

「……そう……ですか？」

新堂はわけがわからないと言った様子で小首をかしげる。

「そうや、彼女を優先するもんとちがう？」

「彼女って？」

「わたしのことや！」

どんっと彼女が新堂を突きとばす。

彼女の声が怖いのだろうか。シュンとした様子で耳と尻尾を垂らし、秋田犬があとずさりはじめる。

ちょっとちょっと待って。もしかしてわたしがもらった甘酒が原因で喧嘩してるの？

わけがわからない。ただあのツンツンしたイケズ男がこのへんに住んでいるのだけはわかった。

と思ったとき、沙耶はハッとした。

そうだ、蔵元だと言っていた。古い酒蔵をリノベーションしたいという依頼だった。

だとしたら、もしかして、この公園の裏の建物が新堂さんの家？

ふりかえろうとしたそのとき、トコトコと子犬が道路を横切ろうとしているのが沙耶の視界をかすめた。

さっき彼女が新堂をつきとばした反動で秋田犬のリードがはずれたようだ。一歩、二歩と犬が離れて歩いている。でも二人は気づいていない。

「あっ！」

一方通行の道路のむこうからバイクがきている。けっこうなスピードだ。このままだと、犬がひかれてしまう。

「ソラくん、ここにいてっ！」

ケージを花壇の前に置き、沙耶は思わず走りだして、秋田犬を助けようとした。

「そこのお兄さんっ、犬、犬、危ないっ、ダメでしょ、リード、離したら」

「え……」

新堂がふりむくが、すでに秋田犬は道路の真ん中に。

ダメだ、ひかれてしまう――――！

とっさに秋田犬を抱きあげたそこに、バイクが突進してくる。

ぶつかるっ！

身をちぢませたそのとき、追いかけてきた新堂が反射的に沙耶に手を伸ばしてくる。

「危ないっ！」

背中に腕がまわり、秋田犬ごと、新堂が沙耶を抱きよせようとする。その瞬間、二人を避けるようにしてバイクが通りぬけていった。

「この野郎っ、飛びだしてくんなっ」

捨てゼリフを吐いてバイクが遠ざかっていく。

よかった、大丈夫だった――と思ったのも束の間、勢いあまって二人の身体のバランスがくずれてしまう。

「うわ……っ」

運悪く倒れこんでいったそのとき、後頭部にゴチンとなにかが当たった。衝撃がはしった瞬間、沙耶はアスファルトのうえで意識を失っていた。

遠くからお経が聞こえてくる。

ドンドン、トコトコ、太鼓の音とともに。どこのオペラ歌手かというような甘く優しい低音の声。

仏説摩訶般若波羅蜜多心経
観自在菩薩　行深般若波羅蜜多時　照見五蘊皆空
度一切苦厄　舎利子　色不異空　空不異色　色即是空

これって、般若心経《はんにゃしんぎょう》だっけ？

あ、やだ、あの世にいってしまったんだ、わたし。

たしか雪が降りそうだった寒い京都の街中で、子犬を連れたイケメンと綺麗な女の子がケンカをしていて、そこにバイクがやってきて……。

そうか、わかった。わたし、バイクにひかれてあの世にいってしまったんだ。

あ、違う違う、そうじゃない。

バイクはふつうに通りすぎていった。

この野郎っ、飛びだしてくんなっ――という捨てゼリフが耳に残っている。

あのあと、いきおいよく自分からすっ転んで、地面で頭と足を打ったのだ。

抱っこした秋田犬を離したくなかったので、手でかばえなかった。

助けようとしてくれた新堂さんのおかげで大事にはいたらなかったけど。

そのまま近くの診療所に運ばれたのは、なんとなくおぼえている。でもそのあたりから記憶があやふやだ。

きっとあのまま、死んでしまったんだ。

やっぱり、真剣にお祓いを受けておけばよかった。

いつもいつも大事なところでうまくいかない。昔からずっとそうだ。

中学三年生の大事な期末試験の朝、目の前で母が倒れ、救急車を呼んだり、叔母に連絡したりしているうちに疲れ果てて、試験中に爆睡し設問1しか解いていなかったことも。最終的に、母はただの食べ過ぎだったというオチ付き。

高校受験のときは、交通事故にあった猫を動物病院に連れていき、途中で川に落っこちて第一希望校に入学できなかった。

大学受験は妹のインフルエンザがうつって失敗した。

その結果、すべりどめの専門学校に行くことに。

就職活動のときもそう。

地元にある建築デザイン事務所に決まりかけていたのに、よりによって最終面接の日に道に迷った老夫婦を案内し、一時間に一本しかないバスに乗りそこねてしまったのだ。

畑と田んぼしかないあぜ道にタクシーが通りかかることはなく——。

『お姉ちゃんてさ、いつも大事なところで、ひとか動物を助けてダメになっちゃうよね。呪われてるんじゃない？　一回、お祓いしたら？』

妹から何度もそう言われた。

要領の悪い姉とは違い、妹はいつもうまくやってのける。高校も大学も第一志望校に入り、有名企業に就職し、さらには社内恋愛の末に結婚。今も仕事をやめずに働いている。

失敗ばかりしている姉と違って、いつもきらきらと輝いている。わたしも彼女みたいに生きていきたい。

『わかった、もう絶対に人助けはしない。動物助けもしない』

そう宣言し、京都にやってきた。

それなのに、またやってしまった。あの秋田犬が危ないと思った瞬間、そんな決意なんて頭からふっとび、勝手に身体が飛びだしていたのだ。

そしてついにはあの世にいくとは——。

なにやってんだろ、わたし。

この般若心経は、わたしのお葬式のお経か。妙に倦怠感《けんたいかん》に満ちたお経の唱えかたが背中に心地いい。太鼓の音も軽快で、ちょっとラップが入っている感じだ。それだけでもよかったかな。

それに当初、想像していた「アラサー女子、職にあぶれて凍死」よりは、ずっといい死に方だ。などと少しポジティブに考えを変えようとしたそのとき、ふっと顔にあたたかい息がかかった。なんだろうと思った次の瞬間、ペロリとあたたかな何かに顔を舐められる。

「ひゃっ！」

びっくりして心臓が飛びあがりそうになり、沙耶は目を見ひらいた。ナマコの怪獣にでも舐められたのかと思うほど驚いた。

「……っ！」

視界にとびこんできたのは、ナマコの怪獣ではなかった。

愛らしい秋田犬の顔。暗がりのなか、犬の白い顔だけがぼんやりと浮かびあがって見える。

わけがわからず、胸に手を当てて沙耶は犬をまじまじと見つめた。

「あ……あんた……あのときの……」

わたしが助けたワンコだ。そうかそうか、わざわざわたしのお葬式にきてくれたのか。かわいい子だ。

すると秋田犬がワンッと吠えた。

「……っ」

耳に響いた大きな鳴き声。沙耶はハッと我にかえった。

待って待って、ここはあの世じゃない。それにお葬式でもない。

沙耶はがばっと跳ね起きるように半身を起こした。するとそれを見て、秋田犬が、おおーんと遠吠えのような声をあげる。

おおおおん、おおおーんと仲間を呼ぶ狼のような鳴き声だ。

「どど、どうしたの、突然」

問いかけると、犬は笑ったような顔をし、ふりふりと大きく尻尾をふった。

「もしかして、お礼でも言ってくれてんの？　そうか、よしよし、よかった、助かってほんとによかったね」

犬の頭を撫でているうちに少しずつ冷静になり、沙耶はぐるりと部屋を見まわした。

ここ……どこだろう？

陽の射さない和室の中央――そこに敷かれた布団のなかにいる。

白い障子《しょうじ》がみっしりと閉ざされ、そのむこうから差しこんでくるのは、淡い冬の夕日だけ。ぼんやりと和風の行灯《あんどん》のような明かり。雪見障子《ゆきみ》の向こうに中庭のようなものが見えるけれど、うっすらと雪をまとった赤い椿がとても印象的だ。

沙耶がきょとんとした顔であたりを見ていると、秋田犬がきゅんと喉を鳴らして身体をくっつけてきた。

「うん、かわいいね。まだ子供ちゃんだよね」

沙耶の言葉がわかるのか、耳を垂れさせ、さらに大きく尻尾を左右にふってきゅんきゅんと言ってくる。

どこも悪くなさそうだ。沙耶はほっと息をついた。

「そうだ、ソラくんは？　見なかった？」

沙耶はきょろきょろと周囲を見まわした。

秋田犬にたずねても、もちろん返事はない。ニコニコとした顔でおすわりした状態でこちらを見ているだけ。この犬がいるということは、ここ、新堂さんの家なのかな……と思ったそのとき、ぎぃと廊下をきしませながら近づいてくる足音が聞こえてきた。

――あれは……。

障子に映る長身の人影。目を凝らしてそこにいるのが誰なのかを確認する。

「ここ、開けていいですか」

低い声。イケズの京男――新堂すぐるの声だった。

「あ……はい、どうぞ」

すっと、新堂が障子を開ける。

「ソラくん！」

新堂が抱いているソラくんの姿を見て、沙耶はほっと息をついた。どうもなついている様子でくつろいだ顔をしている。

「よかった、ソラくん」

沙耶に気づき、ソラくんがミャーッと声をあげる。

「犬を助けてくれてありがとうございます。これ、あなたの猫ですか？」

新堂が問いかけてくる。はんなりとした京言葉のイントネーションだけど、ていねいな話し方なのでとてもわかりやすい。

「え、ええ、ありがとう」

めずらしい。ソラくんが平気で抱っこされているとは。

「いい毛並みですね。大事にされてきたのがわかります」

障子のへりにもたれかかり、新堂はものめずらしそうに沙耶を見下ろした。

かすかに左足に重心をおいているけれど、姿勢がいいのだろう、立ち姿もとても美しい。

それにこの香りはなんだろう。彼が入ってきたときから、甘い柑橘系の匂い、そうだ、柚子の香りがしているのだ。

「猫の名前、これ、ですか？　首輪に……遠野沙耶……と書いてありますけど」

「それ、わたしの名前。猫はソラくんです」

そんな猫の名前がどこにあるんだとつっこみたかったが、やめた。

「わかりました。あ、こっちは新堂吟太郎《ぎんたろう》です。吟じる太郎と書いて吟太郎です」

「え……新堂さん、吟太郎っていうの？　たしかすぐるでは……」

眉をひそめて問いかける。

「あの、どうしておれが吟太郎になるんですか」

「えっ、じゃあ、誰が」

「犬です。新堂吟太郎というのは」

吟太郎……たしかに首輪にマジックでそう書かれている。

「吟太郎くんて、あっ、もしかして、吟醸《ぎんじょう》からとったの？」

半分冗談のつもりで言っていたのだが、新堂の口がへの字になる。

「いくらお酒造ってるからって……そこまではねえ……」

沙耶が言った冗談に、新堂が不機嫌そうに深々と眉間にしわをきざむ。

「えっ、あたってる？」

少しばかり棘のある空気を感じ、沙耶は早々にここから出ようと思った。

「あ、では、お世話になりました。わたし、そろそろ失礼を。あ……ところで、わたしの荷物は？」

沙耶はぐるっと部屋を見まわした。それらしきものはなにもない。

「荷物って？」

「公園のベンチの横に、ピンクのスーツケースとリュックを置いておいたんだけど」

「まさか公園に置いてきたんですか？」

「え、ええ」

肩で息をつき、新堂は沙耶の胸にポンとソラくんをわたした。

「わかりました、少々お待ちください、さがしにいってきます」

「え……」

「ああ、ちょっとそこにいてください。外、寒いですから」

新堂はそのままパタンと障子を閉ざした。足音が遠ざかっていく。

荷物をさがしにいってくれるとは。悪いひとではないのかもしれない。

ソラくんを抱っこすると、彼の毛からもふわっと柚子の香りがしてくる。あのひとが入ってきたときもうっすら柚子の香りがした。

（そうか。ここがあのひとの家だということは……）

ここは酒造りをしているところで、さっき、公園にふわふわとただよってきたのは、このお酒を造っている匂いだ。

柚子の甘酒を造ったのはあのひとだ。だからか。

一瞬にして、沙耶の頭のなかで、いろんなことがつながっていく。

「うーん、ソラくん、とってもいい匂い。あの柚子の甘酒、ほんとにおいしくて幸せな気持ちになったね」

ゴロゴロと喉を鳴らしてソラくんがほおをすりよせてくると、秋田犬の吟太郎も同じように身体を近づけてきた。

「ああん、あんたたち、どっちもかわいい。ふわふわ、もふもふ」

撫でながら、沙耶はもう一度部屋を見まわした。

暗くてよくわからないけれど、とても古い和室だ。畳が大きいし、柱もしっかりした造り。もうめったに見かけないような建物だ。

（そういえば……あの人、京都でももう殆ど残っていない洛中《らくちゅう》の造り酒屋さんだっけ。天《てん》舞酒造《まいしゅぞう》とかいったっけ？　なんかすごく由緒ある感じ）

天井や欄間《らんま》を見ながら布団から這いでて立ちあがろうとすると、足首がズキンと痛んで沙耶は顔をしかめた。

なに、これ。痛い。それに力が入らない。

部屋が暗いので明かりをつけようと思ったのだが、一人で立ちあがれない。

「く……っ」

「いたた……っ！」

まずい。ねんざをしたのかもしれない。それとも骨折？

自分の状況をたしかめたくて、なおさら明かりをつけたいのだけど、あまりに痛くて動く気になれない。

「あーあ、踏んだり蹴ったり」

ソラくんの額にほおをすりすりし、もう一方の手で秋田犬の吟太郎を撫で撫でしていると、新堂がもどってきた。

「失礼します」

「あ、はい、どうぞ」

「荷物……これとケージしかなかったです」

わたされたのは、ソラくんのフードの入ったリュックだった。

「スーツケースは？」

「いえ」

「ええっと、ピンク色の、このくらいの大きさの」

沙耶は手でスーツケースの高さと横幅を示してみた。

「いいえ、なにも」

「……そんな……ベンチの横に置いておいたのに」

沙耶は硬直した。

「すみません、遠野さん、あのあと診療所にいったとき、ケージと猫のことしか口にされていなかったので……スーツケースまでは気づきませんでした」

「え……わたし、診察……受けてたの？」

「ええ。朦朧《もうろう》とされていて、ふらふらのご様子でしたが」

「あっ、そういえば……なんか調べてた気が」

そうだ、そうだ、脳に異常がないか、レントゲンとなにか診察を受けた。

(たしか脳には異常なかったけど、あんまり足が痛くて……レントゲンのあと、鎮痛剤を注射をされて……そのまま眠ってしまったんだ)

小さな診療所なので足の検査は別の病院に行けと言われたことはなんとなく覚えているけれど。

「じゃあ、どうして……ここに？　あなたが連れてきてくれたの？」

「むかいの診療所は泊まれる設備もないですし、医者からはあまり動かさないほうがいいと言われたので、看護師さんと一緒におれの家に運んできました。吟太郎の恩人ですし」

「そうだったの。ありがとう」

「あれから数時間が経ちましたので、その間にスーツケースがなくなったとしても仕方ないでしょう」

「え、そんなに経ったの？」

ハッとして時計を見ると、午後四時半を指している。

「はい。何時間も置きっぱなしにされている持ち主不明のスーツケース。不審物以外のなにものでもないでしょうから、警察に届けられている可能性があります。あるいは盗まれたか……」

「そんな……。警察にあるのならいいけど……盗まれていたら……」

頭が真っ白になる。スーツケースに入っていたものは、生活に必要なものすべて。衣類、靴、本、雑貨、それから……。

「鍵はかかってましたか？」

沙耶は首を左右にふった。

「では、なにか大切なものや貴重品は？」

「特にには。衣服と本と靴と洗面道具と……四万十川《しまんとがわ》の鮎の缶詰が少し。あ、わたし、土佐出身だから、親が缶詰を送ってきて……」

と、そこまで説明して、沙耶はプッと吹きだした。

「あの……大丈夫ですか？」

いきなり笑ったものだから、どうかしてしまったのかと不審げに見つめられている。

「いや、ちょっと想像したらおかしくなっちゃって。泥棒さんが拾ったとしても、かわいいピンクのスーツケースをひらくと、くしゃくしゃの衣類と使用途中のシャンプーやコンディショナー、それから少女漫画しかなくて……残りの半分ほどのスペースからゴロゴロと鮎の缶詰が出てきたら……ちょっと哀しくならない？」

「まあ、たしかに」

「あ、でも警察にとどけられたら、こっちが恥ずかしいね。これ、あなたのものですか、と中身をたしかめられたりしたら」

笑いながら沙耶が言うと、新堂が眉をひそめる。

「おもしろいといえばおもしろいですけど……泥棒にあったかもしれないのに、それを自虐ネタにできるたくましさ、すごいですね」

「それ……褒めてるの？」

「あ、いえ……なんでもありません。ただちょっと謎が解けただけで」

「え……謎？　なんか、わたし、変なの？」

「いえ、お気になさらずに。それではとりあえず警察と病院は明日にして、今からご自宅に送りましょう。車を出します。この近くですか？」

自宅……。沙耶はハッとした。

「それともスーツケースだなんて旅行に行く途中でしたか？」

「いえ、実は……会社をクビになって……社宅を追いだされて」

「え……クビ？」

「切られたの。新堂さんとこの契約をぶちこわしたせいで」

「ほんと……ですか？」

「ええ、ええ、本当ですとも。今朝、社宅を出ることになり、ソラくんと全財産の入った荷物を抱え、路頭に迷っていたんです。そのうえ、荷物がなくなって、さらに困った事態におちいってしまった……ということです」

変な敬語まじりの日本語を話している……とは気づいていたけれど、訂正する余裕はなかった。

「お金は大丈夫ですか？」

「あっ、わたしの財布とスマホは」

「そこに」

床の間を見ると、さっきまで沙耶がコートのポケットに入れておいた財布とスマートフォンが置かれていた。

「よかった、無事だった。たいした荷物もないけど、財布とスマートフォンがあればなんとか生きていけるかな」

「実家は……土佐でしたね？　帰られるのなら、明日にでも駅まで送りましょうか」

そうか。行くあてもなく、仕事もないのなら実家に帰ると考えるのがふつうなのかもしれない。

「あ、いい、駅には行かないから。実家はたよることできなくて……まずは住みこみの仕事をさがさないと」

うっかり帰ってしまうと、結婚しろー結婚しろーと、母と叔母が二人がかりで縁談話を持ちかけてくる。先に結婚した妹までもが加勢して。そうなったら二度と京都にもどってくることはできないだろう。だから困るのだ。

「それなら旅館や料亭がいいんじゃないですか。仕事はハードですし観光シーズンだけのものも多いですが、うちの酒を置いてくれてる大原《おおはら》の旅館も、たまに募集をしていますよ」

さすが地元民。京都は観光地だからそういう仕事があったじゃない。

「旅館か。考えてなかった。それなら楽しめそう。体力は自信あるし、お金の計算も得意だし、接客の経験あるし、多少は役に立つかな」

「楽しめそう？」

「うん、好きなの、古い京都の建物。大原ね。募集がないかさがしてみる」

「変わってますね、古い建物が好きだなんて」

「そうかな？　情緒があっていいのに。あたたかくて優しい感じで」

「でも、ダサい、暗い、寒い……で、住みづらいと言われてますよ」

「リノベーションすれば住みやすくならない？　いい雰囲気は残して、住みづらいところを変えて」

「そうでしたね、遠野さんの会社もたしか」

「そう……そんな仕事がしたくてあの会社に入ったんだけど」

「おれのせいでクビになったわけですか」

もうしわけなさそうに言われ、沙耶は笑みを作った。

「あ、まあ、でもそれだけじゃないと思う。ほんとに大事な社員ならひきとめただろうし。わたしの実力不足よ。ごめん、ひどいこと言って」

実力不足——そう口にしたことで少し気持ちが楽になった。

本当は気づいていた。もっと才能があって、もっと活躍できそうな人材なら契約を切られることもなかった……と。

「自分でそれを決めることはないと思いますよ」

「でも切られたことには違いないから」

「だからって、すぐに社宅を出なければいけないというのも」

「正しくは社宅じゃなくて、会社が所有していた物件の一つだったの。古い町家だったんだけど。だから長くいるわけには」

「それで公園でホームレスをする予定だったのですか」

ホームレスという言葉に、えっ、と小首をかしげたあと、沙耶は手を横にふって否定しながら笑った。

「え、やだ、ないない、ホームレスはないよ。猫連れでもいいっていう泊まれる場所が見つからなかっただけで。でもめげてもいられないし、どうにかなるまでがんばらないと」

「いいんですか、それで。クビだなんて。おれ、説明に行きましょうか」

「や、やめてよ。さっきも言ったでしょ、実力不足だって。もういいの。イヤなことは一晩で忘れるの。軽く一杯飲んで、ぐっすり眠ったら翌朝はすっきり」

笑顔をむけ、沙耶は手でお酒を飲むようなジェスチャーをした。

「はい、お酒はそういうとき、便利です。心の疲れを癒します」

「そうかも。今朝の甘酒もそうだった。あれで急に元気になって、その勢いで吟太郎くんを助けに飛び出しちゃったのよね。人助けや動物助けはやめるって決意も忘れて」

「決意って……どうして」

「いつもお節介がすぎて失敗していたから。でもやっぱり放っておかなくてよかった」

「では、おれのときも」

じっと見つめられ、沙耶は目をパチクリさせた。

「え……あなたのとき？」

新堂が沙耶から視線をそらす。

「あ、いえ、何でもありません……あの会社で会ったときのことを思い出して。おれの依頼に、なにか言ってましたよね」

「ああ、素人がよけいな口出しをするなって……上司たちに叱られたのよね」

「これは、そのときに考えていた図面ですよね？　悪いけど見てしまいました」

新堂がスケッチブックをとりだす。ソラくんのご飯と一緒にリュックに入れていたA5サイズの小さなノートだ。

　素人が書きなぐったスケッチなのでめちゃくちゃ恥ずかしい。沙耶はさっと受けとると、ひらきもせず、すばやくリュックにしまいこんだ。

「もういいの、あの会社のことは忘れる。まずは、旅館か民宿をさがすことからはじめるわ。春の観光シーズンも近いし、募集あるかも」

「わかりました。ではうちの新聞にはさまっていた広告、集めておきますよ」

「わあ、ありがとう」

　このひと、イケズな京男子というイメージだったけど、こうして話をしてみると、そこまで意地悪な感じはしない。

　いや、ちょっと待て――と心のなかで、一瞬ためらう。

　すなおに人を信じてしまうのは自分の悪いくせだ。

　そのせいで、これまでけっこう失敗してきたではないか。しかも相手は、初対面のときは、嫌な印象しかなかった。このままあっさりいい人だと思いこむのは早すぎる。

「それで……どうしますか？　ひとまず今夜はうちに泊まりますか？」

「え、いいの？」

「あいにく築百年以上の造り酒屋です。すきま風が駆けぬけますし、そのたび、板戸がガタガタと音を立てます。トイレや浴室は、中庭に面した古い縁側を通らなければ行けません。中庭は雑草だらけですし、今にも幽霊が出そうな蜘蛛の巣だらけの一角もあります。それでも問題がなければ……」

「問題なんて、全然。こんな素敵な町家、ただで泊めてもらえるなんて最高。遠慮なく泊まっちゃう。あの欄間もスケッチしたかったし」

沙耶の言葉に、新堂がクスッと笑う。

「ほんとに変わってますね。まだ若いのに古い建物が好きだって」

「古くて上品な町家って心が癒されるから。ここもそう、床の間や障子の色や雰囲気がふんわりと優しくて」

沙耶は床の間に視線をむけた。

「あ、癒されるといえば、あの音、すごく良かった」

わけがわからないといった顔で新堂が眉をよせる。

「公園にいたとき、とってもあたたかい空気を感じて。ここの酒蔵だと思うんだけど、ザザザという音がすごくよかった。あれこそ癒しよね。だから公園からなかなか離れられなかったのかな、心地よくて」

「……空気と音……ですか」

新堂はものめずらしそうに沙耶の顔をじろじろと見た。

「わたし変なこと言ってる？」

はい、と新堂がうなずく。

「でもそれなら安心です。どうぞ泊まっていってください。夕飯、おにぎりと味噌汁くらいならありますから。猫のフード用の皿と水も用意しましょう」

「ありがとう」

「そうだ……言っておきますが、その着物……おれが着せたわけではありませんから。コートもおれが脱がせたんじゃないです」

沙耶はハッとした。

「あ……着物……そういえば……わたし、着物、着てるんだ。すごい」

知らないうちに、あかね色の着物に着替えていた。かわいい手毬模様のウールの着物だ。とても着心地がいい。

「え……気づいてなかったのですか？」

「今、気づいた」

てへっと沙耶は笑った。

「もしかして抜けてるほう……ですか？」

「とんでもない。周りからはしっかり者と言われてるよ」

「ほんとに？　どう見てもかなり」

意外そうに言われ、ムッとする。たしかにしっかりしているようで、実はけっこう抜けているのだ。でもそれを他人に指摘されたことはなかった。

さぐるように横目で見ていると、なにを誤解したのか、新堂は沙耶から視線をずらして気まずそうに言った。

「だから、おれが脱がせたんじゃないです」

「え……」

「診療所にいったとき、久遠寺のおばあさんが看護師さんに着替え代わりにとわたしているのを見ました。若いころの着物で、もう着ないからって」

「久遠寺のおばあさんて……もしかして甘酒の？」

「そう、隣の寺の」

「そうなんだ、あのおばあさんが」

とても素敵な雰囲気の、おっとりとした上品なご婦人だった。

「じゃあ、お礼、言わないと。おばあさん……お寺にいる？」

「いや、寺には住んでないです。もう帰られました」

「残念」

「明日でいいでしょう。今、隣は副住職しかいないです」

「あ、じゃあ、さっきのお経って……もしかして」

「隣からです」

「ああ、なんだ、よかった、わたし、てっきり」

「てっきり？」

「自分のお葬式をあげられているのかと思っちゃった」

ハハとあかるく笑った沙耶を新堂は不思議な生き物でも見るようなまなざしで見つめた。まじまじと凝視され、沙耶は小首をかしげる。

「どうしたの……なんか変？」

「すごい想像力ですね。しかもそれを笑いながら口にするとは」

イヤミな男だ。だから女性にもあんなふうに叱られたりして——と思ったとき、沙耶はハッとした。

「あっ、そんなことより、そもそもの原因はあんたでしょ」

「え……」

「一発、なぐりたいと思ったわよ、わたしも」

「どうして」

「女のひととケンカしてたでしょ、往来で」

「あ、ああ……まあ」

「自分の彼女の管理くらいちゃんとしろよって思ったわ」

「それ、遠野さんに関係ありますか？」

「ないわよ。関係も興味もないわよ、どうだっていいわよ。でもね、そのせいで吟太郎くんがバイクにひかれかけたのよ。もうしわけないと思わないの？」

身をのりだす勢いの沙耶に圧倒されたように新堂が唖然とする。

「彼女とケンカするなら勝手にケンカすればいい、でもそれで犬に迷惑かけるなって言ってんのよ」

いかん、気持ちが熱くなる。ついでに涙も出てくる。

「その件は反省してます。あなたにも迷惑をかけ、怪我を負わせて……」

「わたしのことは……いいけど。でも……イケズな京男子にしては素直じゃない」

「イケズな京男子って？　おれが？」

「違うの？　ここ、古くからある造り酒屋で、その後継者なんでしょ？」

「そうですけど……でも京男子を名乗るにはまだまだですよ。創業は江戸末期で、そう長くはないし」

「江戸末期？　長いじゃない」

「とんでもない、室町時代や豊臣秀吉のころからの造り酒屋には負けます。おれなんて京都の人間としては浅いほうですよ。隣の久遠寺さんなんて、後醍醐天皇《ごだいごてんのう》のころからでも、まだ新参者だと言ってますし」

「はあ？」

「遠野さんの会社の近くの天神さん。あれなんて平安時代からのものですよ。それでも比叡山《ひえいざん》にある延暦寺《えんりやくじ》よりはずっとあとです。でもせめて天神さんくらいでないと京都では古いとは言えません」

天神さんとは、学問の神さま――北野天満宮《きたのてんまんぐう》のことだ。沙耶がクビになった会社がその近くにあった。比叡山は、街中からだと、どこにいても見える東側にある一番高い山。大文字の送り火の山の少し北側にある。

（それにしても……どれもこれもみんな古いじゃない。自慢なのか謙遜なのかよくわからないけど）

沙耶は思わず鼻先で笑った。

「だったら京男子には違いがないじゃない。江戸なんてね、わたしから見たら超古い時代よ。それで新しいなんて寝ぼけたこと言ってるんじゃないわよ」

ああ、だんだん言葉が乱暴になってくる。隠していた本性が……。

「遠野さん、おもしろいですね」

「え……」

「あ、悪くないです、そういうところ。すごくいいです」

「……？」

「とてもいけてます」

それまでの温和な顔から一変。ちょっとばかり意地悪く眦《めじり》をあげると、新堂は魔王みたいな顔でまじまじと沙耶を見つめた。

「本題に入る前に、一つ、質問します。お酒……よく飲むほうですか？」

本題？　何だろう。

よくわからないけれど、沙耶は首を左右にふった。

「ううん。高知県はお酒好きの女子が多いけど、わたしはほどほどだったかな。友達と飲んだとしても、せいぜい二、三杯」

「では、酔いつぶれるまで飲んだりはしませんね？」

「あ、そういうのはないかな。うちね、母も叔母も妹もものすごい呑み助で、パーッと飲んで、歌って、笑って、そのまま寝ちゃうタイプで。わたしはいつもその後始末。だから反面教師になってるの。絶対に酔っ払いにはならないよ」

「そうですか。それはますますいいです」

「なにが？」

「いろいろと最高なんです。気に入りました」

新堂は口元に人の悪そうな笑みを浮かべた。

わけがわからない。気に入りました……と言われても、あきらかに色気のある方向で気に入られていないのはわかる。なんかちょっと嫌な予感。

「もう一つ、大事なことを訊きますが、遠野さん、彼氏いますか？」

唐突な質問に沙耶は眉間にしわを刻んだ。まるでお見合いのようだ。仲人でもするつもりだろうか。

沙耶は顔をしかめたまま、上目づかいで新堂を見た。

「それって答えないといけないことなの？」

「はい。お願いします、答えてください。知りたいんです」

「なんで」

「大事なことなんです。遠野さんに彼氏さんがいるかどうかが」

なになになに……いきなり。ここまでのイケメンに言われると、不覚にもドキドキしてしまうじゃない。イケズな京男だとわかっていても。

あ、それ以前に、告白されているわけではないというのはちゃんと理解している。わたしはモテるタイプじゃないから。「いいひとだね」か「きみはおれなんかいなくても一人で生きていけるね」と言われて、終わってしまうタイプ。

実際、これまでつきあった二人——高校時代の隣のクラスの男子と専門学校時代の一学年上の先輩からは、そう言われた。

「あのね、彼氏がいたら、一番にそこを訪ねるに決まってるでしょ。スーツケースを持って公園でふらふらしているわけないじゃない」

「すみません、でもよかったです、彼氏さんがいなくて」

「……どど……どうして」

ものすごく悪い予感に、逆に胸がドキドキしてきた。

「今日、久遠寺さんに酒を供養した功徳《くどく》ですね。こんなにもいい相手とめぐりあえるなんてこれもふだんの善行の賜物です」

まじでわけがわからない。どうしてこんなことを。

「この前の節分には裏の神社にもお神酒を大量に奉納したし。うんうん、神さまからのご縁かもしれませんね」

「だ……だからなんなの、早く言って」

「彼氏なし、金なし、仕事なし、家なし、行くあてなし、実家のあてなし。反対に、猫あり、体力あり、接客経験あり。そして計算が得意で、町家が好き。酒は飲めるけれど、酔っ払いの後始末専門……でしたね？」

「そ、そうよ、悪い？」

「その平和そうな外見もいいです。ソラくんにそっくりですね。吟太郎と三人で一緒にいると、そこだけ日本昔話のようです」

なんですか、それは。しかも猫と犬が「人」になっているし。

「久遠寺の副住職に言わせると、けっこうかわいいらしいです」

ええっとけなされているような、褒められているような。

「京都ではめずらしい白黒はっきりとした男前な性格、さすが坂本龍馬の国出身。京都のおじいさんおばあさんに好かれそうな感じがしていいです。なにより期間限定の住みこみの仕事をさがしているアラサー女子。理想的です」

意味がわからず、沙耶は小首をかしげた。

「ずっとさがしていました。あなたのようなひとを」

熱っぽい口調、真剣なまなざし。土佐の魚市場で、カツオを競り落としている人のような目に見える。

「あああ……あの……わたしにどうしろと」

座ったまま布団を肩まではおり、沙耶はちょっとだけ後ろに下がった。

「人助けです」

ふっと口の端をあげて微笑する顔は壮絶に美しい。

「お願いします」

沙耶の前にひざをつき、いきなりかしこまった顔で新堂が正座してきた。イケズ男には見えない殊勝な態度だ。

「ここに住んでください。一年、いや、半年でいいです」

土下座とまではいかないけれど深々と頭を下げられ、沙耶はきょとんとした。

どういうこと？

「あなたはおれの理想の嫁なんです」

「……理想の……よ、嫁——っ!?」

びっくりして思わず声をあげてしまった。

「お願いします、どうかおれの嫁に」

嫁——？

「結婚して欲しい。いえ、結婚してください」

結婚？

「これは人助けです。お金も払います」

えっ、ええええ——！

2　花嫁というお仕事

沙耶の故郷は、四国の一番南にある土佐。

小さな路面電車の走る道沿いで、母が定食屋を経営し、二十歳で専門学校を卒業したあとは、ずっとそこを手伝っていた。

最終学歴は家の近くにある専門学校の空間デザイン科。和風のリノベーションデザイナーを目指して、熱心に勉強していた。

けれど建築デザインの会社の最終面接に行けず、最終的に母の定食屋さんを手伝うことにした。

「そういえば、沙耶ちゃん、暗算得意だったよね、レジも手伝って」

そんなふうに言われ、やりたいことではなかったけれど、なりゆきから家業を手伝うことになってしまった。

たしかに数字の計算は得意だ。建築デザインに必要だったからだ。といっても、中学生レベルの数字の計算でいいのだけど。

一坪が約3・3㎡というのを即座に計算できないといけないし、あとは面積の計算、体積の計算。それと三平方の定理ができれば問題ない。

もっとも母の店では、三桁程度の足し算と引き算がさささっと暗算できればなんの問題もなかった。

あとは内装の勉強をしていたので、お店の掃除やカウンター内の片付けも得意だった。色をそろえ、ずらっと綺麗にならんだ食器の心地よさ。

それでもいつも将来が不安だった。このままでいいのだろうか。わたしの人生、ここでこんなふうにしていて終わってしまうの？

だめだ、自分の人生は一度しかないんだから、たとえ失敗しても、一度くらい夢にむかってがんばりたい。

そう思いながらも、店の手伝いもいそがしく、そこを飛びだすタイミングがなかなかつかめないでいた。

そうこうしているうちに二歳年下の妹は、大学に進学し地元の有名企業に就職し、さっさとそこの社員さんと結婚してしまった。そして時を同じくして、調理師をしていた叔母が過労を理由に仕事をやめ、沙耶の家にもどってきて、定食屋を手伝うことになった。

「沙耶ちゃんもそろそろ結婚して、お母さんを安心させて」

ついに母から言われるようになり、今しかないと思い、沙耶は京都に行く決意をしたのだ。

「わたし、京都に行く。これが最後のチャンスだと思うから。昔、住んでいたみたいな京都の町家で暮らすの。その関係の会社に就職しようと思う」

反対されたとしても行く——と決意していたが、母は意外とあっさりと背中を押してくれた。

「いいんじゃない？　京都はわたしにはあまりいい思い出はないけど、古い歴史のある街だし、龍馬さんも活躍したところだし。あんたの人生やし、一生に一度、バシッと一発、決めてきたらええわ。そのかわり、ちゃんといい人見つけて結婚もするんやで」

こういうところは、あっさりとした男前な性格なのだ。言いたいことをはっきりと言う。でも尾を引かない。

ただ、そうした性格が無遠慮に見えることも多く、京都の古い西陣織《にしじんおり》の織元の息子だった父とは長続きしなかったようだ。

二人は母が京都の料理専門学校に通っているときに知りあったとか。正反対の性格だったらしく、最初はそれが刺激的で楽しかったようだ。

けれど結婚し、その織元で父の両親と同居することになり、少しずつうまくいかなくなっていったらしい。

母は古い老舗に窮屈さを感じるようになり、娘二人を連れて家を飛びだして故郷の土佐に帰ることにしたようだ。

その後、呉服業界がどんどんすたれ、父の家は破産し、一家の行方はわからなくなってしまったらしい。最終的に、父も父方の祖父母も東京にいることがわかったのだが、それはずっとあとの話だ。

母の実家は海の幸を中心とした和風の定食屋さんだった。

そんなに裕福ではなかったものの、いつも元気であかるい雰囲気で、お客さんが絶えることはなかった。

それでも女手一つで二人の娘を育てるのは大変だったらしく、娘二人にはちゃんと安心できる相手と結婚してほしいといつも口ぐせのように言っていた。

母の気持ちはわかる。わたしも幸せな結婚にはあこがれる。

けれど仕事もやってみたい。一度でいい、自分のやってみたい仕事に挑戦したかった。

そのチャンスは今しかない。そう思い、京都に行くことにしたのだ。


カタカタカタ、カタカタカタカタ、カタカタカタ……。

いつも通りのむこうから聞こえてくる、せわしない機の音。

子供のころ、それを目覚ましがわりに起きるのがとても好きだった。

早朝、家々の間から、いっせいに機の音がひびきはじめる。

『この音を聞くと、西陣の人間は、一日がはじまる、早く活動しないとあかんという気持ちになるんや』

昔、祖母がそんなふうに言っていた。

京都に住んでいたのは五歳までだった。

そのときの京都の家での楽しかった思い出が忘れられない。だから沙耶は京都でまた西陣に住むことにしたのだ。

かつて住んでいたのは、京都市上京区の西陣地区。

東側には陰陽師で有名な晴明神社《せいめいじんじゃ》の面した堀川通《ほりかわどおり》。西側には学問の神さまで有名な北野天満宮。

この区域は西陣織の織元が軒をつらねる織物の町として有名だ。かつては大繁盛していたと歴史の本に書かれている。

けれどバブル経済がはじけたあと、呉服産業はどんどんすたれはじめ、リーマンショックのあとは火が消えたようになったらしい。

その影響か、街の風景もどんどん変わってきている。

あちこちに新しい住宅やマンションが建ち、古めかしい京町家が次々と消え、街の雰囲気が変化している。

それでも「京町家」は若者の間で人気のようで、良さを残したままリフォームして住みたいという声も多く耳にする。

最近では、カフェやアンティークショップ、民宿として利用する人たちも増えつつあるという。

——わたしも京都の町家をリフォームする仕事がしたい。専門学校で勉強した空間デザインの知識を役立てて、なにかを作ることができたら。

そんな思いで京都の職安をたずねたが、なかなかこれといった仕事は見つからなかった。

「いくら学校を出ていても、なんの資格も経験もないんなら、正社員の道は厳しいと思いますよ」

職安のカウンターでそう言われ、そのとおりだと納得した。

それならまずはアルバイトからでいい。なんでもいいから、その業界での経験をちゃんと積んでいきたい。

そう思った。

しばらくして契約社員を募集している会社があるからと紹介された。それが、その後、三年間働くことになる「京都やすらぎ工房」だった。

子供のころ住んでいた西陣地区から少し北西に行ったところにある北野天満宮が見える小さなビルの二階にある工務店だった。

ビルの一階にある「片山不動産」は兄弟で経営している会社で、それぞれが協力しあっていた。

最初のうちはなにもできることがなかったので「片山不動産」の受付を担当した。

しばらくして図案を起こす仕事をまかされるようになった。

営業さんが持ってきた物件の図案をパソコンで広告用の図面に起こすのだ。これは勉強になって楽しかった。

京都にはどういう間取りの家があって、どういう目的で作られているのかがよくわかったからだ。さらにはどういう建物が売れて、どういう建物が売れないのか。リフォームしたほうがいいのか、新しく建て直したほうがいいのか。

そんなことがわかってきて、わくわくしながら仕事をしていたのだが、本当にやりたい町家のリノベーションの仕事にはなかなか関われなかった。

そうこうしているうちに、少しずつ会社の方針が変わってきた。

町家をリノベーションするのではなく、議員や企業が事務所代わりに使えるよう、外観を残したまま、内部はざっくりとふつうのオフィスや会社と変わらないような近代的なものにする。

同じような依頼が増えるようになり、沙耶はだんだん仕事に疑問を感じるようになっていた。

わたしが思っていた町家が消えていく。

見た目だけじゃなくて、なかの空間も大事なのに。ううん、なかの空間こそ大切なのに。

そんなふうに感じていたとき、上司から声をかけられた。

「遠野さん、アパートで一人暮らしだったよね。よかったら、増やした物件の一つに住んでくれないかな。家は人が住んでないとすぐにダメになるから。風通しをよくして、掃除をしてくれればいいから」

つまり、いずれ改装予定の町家に社宅代わりに住んでほしいと言われたのだ。

築百二十年という、恐ろしいほど古い物件だった。埃っぽくて、洞窟のように真っ暗で、電気も暗い豆電球。

家賃がなくなり、光熱費だけでいいというのはありがたかった。

ネズミやイタチが住まないよう、世話ができるのなら猫を飼ってもいいと言われ、社宅の前で鳴いていた小さな猫をひろってきた。

ただ古すぎてとても住める状態ではなかったので、沙耶はせっせと清掃と改修にはげんだ。十数枚の建具を食器洗剤をうすめて洗って乾かし、割れそうなガラスをとりかえ、リフォームの仕方を自分も実践してみたのだ。

そんな熱心さを買われ、「京都やすらぎ工房」のアシスタントをするようになり、そのまま正社員採用の話も出てきた。

「遠野さん、明日から工房に顔を出してくださいね。しばらくは岩井《いわい》主任のアシスタントをするように。築百年ほどの古い造り酒屋をリノベーションする依頼がきているから」

そう言われ、最初に手がけることになったのが新堂の仕事だった。

市街地にある古い造り酒屋をリノベーションし、使いやすくしたいとのことだった。

新堂のところは、今はもう珍しい京都の市街地にある小さな酒屋で、彼はその店主兼杜《と》氏《じ》だった。

京都では伏見《ふしみ》が酒どころとして有名だが、昔はこの上京区が最も栄えていたらしい。しかし今は少なくなってしまった。

高名な蔵元が一軒。それと新堂のやっている「天舞酒造」という小さな蔵元があるだけ。天舞酒造は世間的にはまったく知られていないようで、地元にだけおろしている本当に小さな蔵元だった。

じかに担当するのは、沙耶の直属の上司にあたる岩井主任。

沙耶は初心者だったので勉強も兼ねて、事務的なことをするようにと言われた。

まずはもともとの建物をパソコンで図面に起こす。これは不動産会社のほうで手がけていたのでそうむずかしくはなかった。

それからそれをベースにして、どう改築するのか、新たに３Ｄ画像を制作することになっていた。

（もともとの建物、けっこういい感じだな。営業さんがくれた図面と写真だけじゃなくて……実際に、建物、見に行きたい）

同じような築百年の建物でも、造り酒屋は、沙耶が社員寮として使っている町家とはまるで造りがちがう。

京都の古い建物は「うなぎの寝床」といわれ、とても細長い造りになっている。

ここはまさにその典型だ。

表の通りに面した横幅はそう大きくない。けれど奥はとても深い。

まずはお店として使用されている部分。

その奥には、住居スペースの二階建ての母屋《おもや》。そこからさらに奥に行くと、お酒を造る酒蔵がある。

　母屋と酒蔵の間に、中庭があるのが京都の古い町家らしい。

　なのに近代的な建物にするらしい。

　それとは別に、隣の家の敷地も今回の契約書にふくまれていた。

（あれ……この南側のお隣の家……この酒屋さんのものだ。お店のほうとはちがって、そんなに広くなくて奥行きも半分くらいだ）

　空き家になっているが、かつては従業員用の住居になっていたようだ。

　今は使用していないので、その部分を更地にして「片山不動産」が販売したいと言う旨がメモに記されている。

　外観の写真を見ると、昔のお茶屋さんのように風情のある建物なのに。更地にするということは、建物をすべて壊してしまうということだ。

（もったいないな。写真で見るかぎり、とても雰囲気があるのに）

　パソコンで図面を描きながら、沙耶は主任に問いかけてみた。

「あの、いいんですか。ここ、つぶしてしまうことになっても」

「どうしてそんなことを訊くんだ？」

「もったいないと思って。もったいないと言えばこちらの酒屋さんのリノベーションも近代的すぎませんか？　想像してみてください、こんな形にしたらどうなるのか」

　すると主任はあきれたように返した。

「いいんだよ。そのあたりはとても人気のある土地だから。外国資本からも、ホテルやマンションを建てるいい土地はないかよく訊かれる」

「えっ、ここにホテルを？　じゃあ、このお酒を造っているお店、まったく陽がささなくなってしまいますよ。中庭をコンクリートにするのも問題かと……」

「きみはよけいなことは考えずに、こっちが指示することをしていればいいから」

　そう言われてもいったん芽生えた疑問が沙耶の胸から消えることはない。

（今回の依頼って……酒造りをしながら、もっと住みやすく、仕事をしやすく、酒屋らしく……という注文のはずだけど……なんか違わない？）

　隣がホテルになってしまったら、住みづらいことになるよ。外国人観光客が利用するホテルになったら、この酒蔵には観光客がくることになる。

　このお店の経営者は、それをねらっているの？

　それともなんにも知らないの？

　いや、そもそも外国人観光客にきてほしくて改築するのなら、こんな近代的なビルのようなデザインにはしないはずだ。町家の良さを活かすのではなく、これではまるで新築だし、隣をどうするかによっても変わってくる。

「主任、やっぱりダメですよ。この造り酒屋さんの物件、こんなリノベーションにするのはよくないと思うんです。中庭も残したほうが」

　そのときちょうど新堂が工房に訪ねてきて応接スペースで話をしていることに気づかな

いまま、沙耶は主任にたずねてしまっていたのだ。

　話を聞かれているとも知らず。

「こんなリノベーションだって？　そんなこと、新米の遠野さんが気にすることじゃないって」

「気にしますよ。もったいなくて。これでは自然との調和が取れません。住みやすくて便利になるかもしれないけど、優しさが消えます。町家の趣《おもむき》もなくなります。町の信金だってもっと風情がありますよ」

「町の信金だって？」

「それにこっち側の土地、更地にしてなにを建てるかがわかってからでないと、どうするか決めるのは早いと思うんですよ」

「遠野さん、それはその土地の新しい買い主が決めることだから」

「それならなおさらです。この造り酒屋さんは町家ならではの中庭を活かすべきです。せっかく市内のいい立地にあるこれだけの土地、なにもわざわざビルみたいにリノベーションしなくてももっと活かせる道があります」

　売り言葉に買い言葉。いけないと思いながらも、ついつい気になって本音を口にしてしまった。

　するとそこに応接スペースから不機嫌そうな顔で新堂が出てきた。

「その遠野さんという社員さんの意見……ありがたいんですけど、今そんなことを言われたら契約するの、ためらってしまいますよ？」

作務衣姿で、腕をくみ、超尊大に言われ、周囲が凍りついた。

「新堂さま、もうしわけございません。なにぶん、契約社員なもので」

「契約？　契約社員がそんなことしてるんですか？」

「ええ、ええ、すみませんです。もうすぐ正社員にはなるのですが」

「もったいないんじゃないですか？　その社員さんを、わざわざここで雇うの」

新堂はそう言うと、冷ややかに沙耶を見た。

「あなたには、お礼、言わないといけませんね。おおきにどうも」

えっ、おおきに？　ありがとうの意味？

何でここでお礼を言われるわけ。

「遠野さんでしたっけ？　あなたの意見のおかげで考え直すことができました。迷ってたんです。ほんまにおおきに」

そう言うと、新堂は意地悪そうな笑みを口元に浮かべた。

「京都やすらぎ工房さん、今回の依頼、悪いんですけど、少し考えさせてください」

ワンフロアしかない小さな工房。社員は十数名。社長以外、専務や部長もいるその空間で、冷たく言って去っていこうとする新堂。

「待ってください、新堂さま、どうかもう少しお話を」

「新堂さま、お願いします、少しお話を」

主任があわてて引き止めようとする。専務も部長もやってきてペコペコと新堂に頭を下げる。考えさせてほしいということは、もう少し検討するということだと思っていたが、どうやら違うらしい。

「すみません、新堂さま、どうか」

「ほら、遠野さんも謝って」

戸口の前でくるりと振り向き、新堂は優しげな笑みを浮かべた。

「ほんまにお世話になりました。おおきにどうも。お話、改めて考え直させてもらうことにしました。ほんなら、あとはよろしゅうお願いします。今後とも天舞酒造をご贔屓《ひいき》に。気が向いたらいつでもお声かけてください」

はんなりとした京言葉に社内の空気がさらに凍りつく。

シーンとした空気を感じ、沙耶は失敗したと後悔した。

またただ。またやってしまった。

いらないお節介。彼の家をもっと良くするにはどうしたらいいのか、それを伝えたかっただけなのに。

善かれと思ってしたことが完全に裏目に出てしまったようだ。今回は老人を助けたり、保護犬を助けたりしたときとは違う。仕事だったのに。

（わたし……なにやってるんだろう）

クライアントと会社のほうでちゃんと話が進んでいたのに。

ただ……どうしても見て見ぬふりをすることができなかったのだ。

大切なものが失われる気がして。

けれどそれは、ここではしてはいけないことだった。

当然のように、その後、新堂から「検討」の連絡がくることはなかった。そしてそれが原因で、沙耶の正社員採用の道がなくなってしまったのだ。

◇◇◇

「……っ」

目が覚めると、沙耶の両脇にソラくんと吟太郎が眠っていた。

外はまだ暗い。ぐっすり眠っている二匹を撫で撫でしながら、沙耶は、さてどうするかと起き上がってため息をついた。

(それにしても……結婚か)

昨夜、いきなりプロポーズされてびっくりした。からかわれているのか、冗談なのかわからないけれど、もちろん即座に断った。

『ふざけてるの？　それともからかってる？』

『ふざけてなんていません。結婚する必要があるのでお願いしたんです。給金は払います。住みこみのバイトとして、結婚するふりをしてください』

結婚のふりなんてありえない。誰がすぐに「わかりました」と言えるだろうか。

『新堂さんなら給金なんていらないんじゃない？　イケメンだし、さっきの彼女に謝ればいいだけじゃない』

『ああ、それは無理なんです』

『どうして』

『彼女は造り酒屋も古い町家も吟太郎も苦手で。この店を存続させるために、どうしても結婚相手が必要なんですが』

なんで店のために結婚相手が？　造り酒屋の女将《おかみ》が必要なのだろうか。

『いやなら入籍は必要ないです。形だけの契約結婚ができる相手がいいんです』

『そんなのわたしだって無理よ』

『でも吟太郎は気に入ってます。おれもソラくんから気に入られています』

『それとこれとは別。ペットがよくても、わたしはよくないの。この話は終わり。晩ごはん食べたらもう寝ます』

沙耶はぴしゃりと断った。

（そりゃ、住むところは欲しいし、町家もワンコも好きだし……気むずかしいソラくんもなついているし、お金もくれると言われて……心が揺らがないわけでもないけど）

家政婦代わりに住みこみで……というならまだしも、なぜいきなり結婚。入籍はしなくていいと言われても、そんなの無理に決まっている。契約結婚だなんて冗談のような話だ。

沙耶は寝間着がわりの着物の上に、枕元に置かれていたウールのストールをはおって廊下に出た。

足はまだかなり痛む。杖の代わりに壁に手をつき、ふらふらと歩いていった。なぜか足元は靴下という変な格好をしている。

「うっ……寒い」

中庭に面した縁側は身が痺れそうなほどの寒さだ。

中庭には、椿の花が咲いていて、そこにうっすらと雪が積もっている。まだふわふわと雪が降っている。シンとした美しい庭だ。

まだ月は夜空にある。夜明けまでどのくらいあるのかわからない。

音もしない、風もない、静けさだけにつつまれた京都の中庭を見ていると、子供のころを思いだす。

西陣織職人だった父の手はいつも綺麗だった。

そこからくりだされる美しいつづれ織りの様子を見ているのが大好きだった。

カタカタという音がして。

ぼんやりと昔をなつかしんでいたそのとき、沙耶の耳に、ザザ、ザザ……という音が聞こえてきた。

（あっ、この音……）

昨日、公園にいたときに聞こえていた音だ。ふわっと蒸した米の匂いと一緒にただよってきてたまらなく心地よく感じたのだ。

そう、あの蒸気があたたかく感じられて、柚子の入った甘酒もとてもおいしくて幸せが全身に広がって、がんばろうという気持ちになった。

あのお酒を……新堂が造っている。今、このむこうで。どんなふうに造っているのだろう、見てみたい。

そんな衝動にかられ、沙耶は忍び足で音のする方向に進んでみた。

廊下を進めば進むほど、熟成された酒の濃厚な香りが濃くなり、空気に蒸気が加わってくる。

なんだろう、胸が高鳴る。幼いときに感じた絹織物の匂いとは違うのに、どこか似ている気がしてドキドキしてくる。

「……っ」

つきあたりの土蔵のような場所にたどり着いたとき、沙耶の目に飛びこんできたのは、湯気のこもったガラス戸の向こうの一室だった。

ガラス戸以外、すべての窓枠がガムテープで留めてある。

そこに蒸した米になにかを手で混ぜあわせている新堂の姿があった。

そんなに広くない作業場の机に布を広げて、真剣なまなざしで、マスク姿で、たった一人で。髪は三角巾で留めている。

「遠野さん！」

ガラス戸の向こうから新堂が声をかけてくる。低くいさめるような声にドキッとする。

「見るのはいいんですが、土蔵の戸を閉めてください。あと、その仕切りの戸口からこっちには絶対に近づかないでください。一ミリでも戸を開けたら殺します」

「わわ、わかったわよ」

殺すって、そんな物騒な。ガラス戸は開けていなかったが、ここにくる途中の廊下の戸はうっすらと開いたままになっていた。

いつの間にかソラくんと吟太郎も後からくっついてきていた。二匹を入れたあと、土蔵の入り口を閉める。

ガラス戸越しに新堂に声をかける。

「ごめん、今、閉めたから」

沙耶が言うと、新堂がちらっと壁の温度計に視線を向ける。

ああ、それだけで部屋の温度が変わるのか。

沙耶はその場にたたずみ、われを忘れたように彼を見つめた。

新堂は淡々と手を動かしていく。

昔、テレビで見たことがある。ニュースの職人特集かなにか忘れたけれど。

あれは麹菌《こうじきん》と蒸した米をまぜているのだ。

テレビでお酒造りを見ていたとき、その作業の様子、手の動きが西陣織をしていた父に似ていると思ったことがあった。

父は真剣な顔でくり終えた糸を紡いだあと、杼《ひ》に組みこんで、ひと目ひと目、大切そうに織っていた。

『これをしていると、心が静かになっていく。どんなことがあっても気持ちがすーっと平和な感じになるんや』

幼いときに聞いた父の声。五歳までのことなので、思い出らしいものはほとんどない。ただ絹糸に触れていた手と、父の言葉だけがぼんやりと記憶にきざまれている。

新堂もそうなのだろうか。

ああやって黙々と作業をしていると、心が静かになるのだろうか。

沙耶はガラス戸越しにその姿をじっと見つめた。

鋭いまなざしをしたその横顔は、ふだんのふんわりとした優しげな感じとはちがって、どこか近よりがたい、張りつめたものがある。

しばらく集中したあと、作業がうまくいったのか、手を止めて少し離れ、新堂はマスクを外してふっと横顔に笑みをよぎらせる。

充たされたような笑みに、沙耶は背筋がぞくっとするようだった。

なんだろう、あの妙に色っぽい笑み。ちょっとミステリアスだ。

そうしてじっと手元を見つめたあと、また口を閉じ、作業を再開しはじめた。

ザザ、ザザ……という音とともに。

(いいな、ああいうの)

いきなり結婚なんて発想があまりにも突拍子もなくてびっくりしたし、とんでもない変人のようにも思えたけれど、ああして真剣に仕事をしている姿はとてもいい。

(なにを考えてるのか、わけわかんないけど……)

ガラス戸越しに見ていると、新堂がどれだけ心をこめてお酒を造っているのかがわかる。

一生懸命、なにかに打ちこんでいるひとというのはとても美しいし、とても尊いと思う。

昨日、公園でもらった甘酒は本当に素敵だった。

あれはここで売っているお酒の粕から造られたものだろう。

ものすごくコクがあっておいしかった。

あの綺麗な手で、それを造っているのか。こんなに朝早くから、たった一人で真剣に。

(あの姿を見たら、契約結婚でもなんでもいいから一緒にいたいと思う女子は多いと思うけど)

いきなり会ったばかりの自分みたいな人間を相手にしなくても。

それとも、なにかたくさん問題をかかえているのだろうか。

みゃおん……。

いろんなことを考えていると、足元にソラくんが寄ってきた。

「ソラくん、今日もかわいいね」

抱きしめてその近くにあった座椅子に腰を下ろす。

そこに吟太郎もやってきたので、沙耶はそっと彼にもたれかかった。

ふわふわとした毛並みの二匹と一緒に、蒸気の漏れてくる土間で、ザザ、ザザとその音を聞いているうちに少しずつ睡魔が押しよせてくる。

ああ、この音と匂い、本当に気持ちがいい。

癒される。ものすごくやすらかな感じになる。

（ここに住むのは悪くないな。でも……いきなり契約結婚だなんてやっぱり無理だよ。人生が変わっちゃうよ）

そんなこと、わたしには無理だと思いながら、立ちあがろうとしたそのとき、沙耶は激しい痛みを感じた。

「い……いたたた」

昨日ぶつけたところ。応急処置はされているものの、かなり長引きそうだ。

痛みで、ひーっとなっているところに、作業を終えた新堂がやってきた。

「よし、作業ここまで。さて、朝ごはんを食べて……それから行きますか」

「え……」

「病院ですよ、病院。急いでください。また二時間したら、ここに温度調節をしにもどらないといけないんです。さあ、朝ごはんにしましょう。作ってありますから」

「作って？　誰が」

「おれが」

「作れるの？」

「ええ、料理は得意です。早く食べましょう、あ、アレルギーとかありますか？」

「ないない、なんにも」

「では安心ですね。昼ごはんもよかったらどうぞ。いい豆腐があるので、揚げ出し豆腐を作ります」

「うそ。揚げ出し豆腐、大好き」

思わず笑顔になっていた。

「それはよかったです。でも朝は、牛そぼろ丼と白味噌のお味噌汁です。牛そぼろ、なかなか生姜といいバランスで出来たので、三つ葉を載せていただきましょう」

「うわ、はい、いただきます」

さらにうれしい声をあげてしまった。

牛そぼろ丼、揚げ出し豆腐……。そんな料理ができるなんて。

家全体はとても古いけれど、廊下もガラス戸も掃除が行き届いていて綺麗だし、ソラくんや吟太郎へのごはんもちゃんと用意している。

（会社で会ったときの第一印象も、彼女に叩かれていたときの第二印象もあまり良くなかったけど……）

ここにきてからの印象は悪くない。いきなり結婚はともかく。

「どうしました？　ごはん、食べませんか？」

ハッとして沙耶はにっこりほほえんだ。

「食べる食べる、遠慮なくいただきます」


「――わあぁっ、これ、足首の骨にヒビが入ってますなあ。これ、痛いのに、よくがまんしてはりましたなあ」

病院に行くなり、京言葉ばりばりの気の良さそうなおじいさん医師が半分笑いながら言った。

「うわあ、靭帯《じんたい》も伸びてるねえ。どんな転びかた、しはったんや。ギプスしておきましょか。半月くらいそのままでいてくれやっしゃ。元にもどるまで三カ月はかかりまっせ」

その言葉に沙耶は思わず声をあげた。

「ええっ、三カ月もっ！」

「まあ、静かに暮らしていたら自然に治りますし、ゆっくり過ごしてください。靭帯の様子を見つつ、レントゲンでヒビがなくなったのを確認したらギプス切りますね」

「は……はあ」

松葉杖をつきながら廊下に出ると、新堂が待っていた。

「どうでした?」

「全治三カ月。半月はギプス生活。安静にしていれば治るみたいだけど」

ますます仕事さがしができなくなってしまった。

「もどりましょうか。次の来院は?」

「一週間後……」

病院はすぐ近くの堀川通にあるそこそこの総合病院。

新堂の運転する車で、彼の家へもどることに。

バイクが飛びこんできたので交通事故のあつかいになるかと思ったが、こっちが勝手に転んだだけなので事故にもなんにもならなかったとか。

しかも沙耶は会社を辞めたばかりで保険に入っていなかったので治療費をたくさん請求されてしまった。有り金がゼロにひとしい。早く職安に行かないと。

その前に衣服も用意しないと。

とりあえず昨夜のうちに近所のコンビニで下着と靴下は購入した。

今日はお隣のおばあさんが着替えにと用意してくれた作務衣の上下に新堂が貸してくれたダウンを着てきたのだが、このままでは生活ができない。

「しばらくうちにいてもいいですよ。店、つぶれそうなんですけど、ギプスが取れる三週間くらいなら大丈夫でしょう」

「あの店、そんなに危ないの?」

「ええ、かなり。今シーズンの酒ができるかどうかも。職人さんもみんな来なくなってしまいましたし」

「どうして」

「こっちの世界にもいろいろとあるんです。まあ、おれ一人でもできるところまではやろうと思っていますが」

車を運転しながら新堂が飄々《ひょうひょう》と言う。昨日からそうだけど、このひと、感情というのがないのだろうか。表情にあまり変化がない。

「それで、今シーズンっていつまで？」

「夏までです。酒造りは秋からはじまります」

新堂の話によると、基本的に、日本酒は秋に収穫した新米を原料に仕こみ、冬から春にかけて造るらしい。

彼のような個人がやっている手造りの蔵元は十一月から三月をメインにして酒造りをする。けれど会社でやっているようなところでは、徹底した温度管理をして、一年中、酒造りができるようにしているようだ。それでも「寒造りの酒はおいしい」と言われるので、それくらい季節は大切なようだった。

「夏までお店が持てばいいの？」

「できれば。でもあと一カ月くらいあれば、基本的なことはできます。桜の季節くらいまでにはなんとかなります。だからそれまでなら、うちでよければ自由に使ってください」

「そのあとは？」

　さあ、と新堂が首をかたむける。

「おれにもどうなってるかわかんないです。三カ月後、新しい酒が完成しているかどうかも。とりあえずきちんとした職人が、全員、やめてしまったので」

「やめたって、どうして」

「引きぬかれました。最近、外国人の間で日本酒がブームになってきて、いきなり需要が増えたのでどこも職人不足なんです。で、うちにいた腕のいい職人さん五人が伏見の大手企業に引きぬかれることになって」

「そんな……」

　プロフェッショナルの世界だから、いきなりバイトを雇って手伝ってもらうというわけにはいかない。

「それで……二年前に退職した職人頭のおじいさんにもどってきてもらえないか、頼んだのですが……条件を出されて……あ、でもまあ、もういいです」

　新堂は堀川通から西側に右折し、一方通行の細い道に入っていった。

「もしかして、リノベーションをやめたせいで？」

「いや、あれももういいんです」

　彼がハンドルを切るたびに、ちらちらと見える手首の包帯が気になる。

「手の怪我は？」

「大丈夫です。今朝、麹造りをしたときも平気でしたので」

「でもわたしのせいで」

「おれの不注意です。それどころか巻きこんでしまって悪かったです。吟太郎を助けてもらったのに」

「……ねぇ、結婚しないと、お店、つぶれるというのは？」

と問いかけたとき、車は「天舞酒造」の前に着いた。

「じゃあ、ちょっと麹室に行って温度管理してきますので」

「え……麹室？」

「今朝、おれがいたところです。杉板ばりの。あの麹室で、今朝、蒸した米に麹カビを引きこんで、温度調節しているところなので」

新堂はそう言うと、そそくさと奥の作業場へとむかった。

そうか。温度調節が必要なのか。

（大変な仕事だわ、酒造りって）

わたしが手伝えるのなら手伝いたいけど、大手企業に引きぬかれるような、プロの技術が必要な仕事を軽々しく手伝いたいなどと言えるわけがない。

土佐の人間はけっこうな酒好きなので、母の定食屋さんにも、日本酒がいくつか置いてあって、昼間から、楽しそうに一杯ひっかけていくお客さんも少なくはなかった。

仕事のあと、あまった食材をお酒の肴にして、軽く飲んだこともあったけれど、それがどうやって造られたのかなどと考えたことはなかった。

（それは……お酒じゃなくて……なんでもそうだけど）

こんなに大変なら、もっと感謝して飲めばよかった。

新堂は、本当にお酒造りが好きなんだということはわかる。仕事一筋の職人という感じでかっこいい。

（もしかして、結婚相手が見つからないのは……仕事以外、ほかのことになんの興味もないからかな）

沙耶は松葉杖をつきながら店に入って行った。

京都の大通りから二本奥に入った一方通行の通りに面した路面店。

北側のお隣は久遠寺。その奥に付属の幼稚園があるらしく、きゃっきゃっと言う子供たちの声が聞こえてくる。

昨日、沙耶がいた公園はこのちょうど真裏——一番奥にある作業場のむこうだ。そちら側には久遠寺の裏門があるらしい。

店はガラスのはめ込まれた古い木製の引き戸。昔ながらの路面店で、なかに入ると、古めかしい木製のカウンターがある。

「うーん、ここ、剝げかかっているのもそれなりに風情はあるけど、もう少し一般受けするようにしたほうがいいかな」

店とは名ばかりの雰囲気だ。

扉の前に蜂の巣みたいな玉がぶら下がっているだけで、のれんもない。

壁の棚にならべられているのは、この店で売られている大吟醸酒と本醸造酒のようだが、商売っ気はまるでなく、ただずらっと置かれているだけ。値段もなんにも書かれていない。あとは青やペパーミントグリーンのすごく綺麗な色のボトルの数々。でも中身はない。それに印刷されたままの商品名のラベル。

そんなに大きなお店ではないし、常連さんが定期的に買うくらいなんだろうけど。

（つぶれかけているにしても……もう少しなんとかならないかな）

土間の真ん中に立ち、建物全体を見まわす。

古い建物特有の、不思議なほどの圧迫感を感じる。何だろう、ぐいぐい建物がこっちに迫ってくるような。

「……っ」

京都の町家といわれる建物は、表からは想像がつかない空間が広がっている。

ほの暗いつきあたりに曲がり角が続いている廊下。

早春の日差しが障子に淡い庭木の影を描いている。何度も蠟を塗ったような、立て付けの悪い引き戸。

ちょっと歩いただけで、廊下はギィィときしんだ音を立てて床板がしなっている。まわりの花の匂いや外気を含んだ風が建物のなかに入りこんで滞留して出ていこうとしない。

いろんなものが香ってくる。

冷たい土蔵の空気にしみこんだ匂い。

古い家特有の、木や畳の匂い。

そこかしこに染みついた造り酒屋特有のむせるような酒の匂い。

息をするたび、ものすごく濃密なものが肺に入ってくる。その圧迫感のある空気が自分に絡みついてくるような重みを感じる。

「……なんかすごい」

これは、なんだろう。建物の奥へ奥へと行くにつれ、その感覚が強くなってくる。

沙耶は目を瞑って手を伸ばしてみた。

どっとこの家の持つ重みのある空気が溜まってくるような、不思議な感じがする。

柱に、梁《はり》に、天井……。

江戸時代末期から続く造り酒屋だと言っていた。

その歴史を想像してみる。

この建物自体は、築百年ほどだったので、多分、建て直したのだろう。

どのくらいの年数なのか、どのくらいの歴史があるのか想像はつかないけれど。

いろんなひとたちがここで暮らして、ここで生きてきて……。

そんな多くの人間の人生をこの家は見守ってきたのだというのが空気から伝わってくる。

なにか、胸にくるものがあるのだ。

この家に生きてきたひとたちの思いだろうか。

そんなものが建物全体に詰まっている気がして、胸が詰まりそうになる。

沙耶の住んでいた西陣の家の敷地には新築の家が数軒建ち、若い家族が住んでいた。もうないのだと思ったときの淋しさ。胸に冷たい風が吹いていくような侘しさのようなものが広がっていった。

その失われた空気がここにある。この味わい深さ。それなのに、ここもうなくなってしまうの？

今期の酒が造れるかどうかもわからないと言っていたけれど。

ふいに胸がぎゅっと絞られたように痛くなってきた。自責の念だ。

（わたし……なんてことしてしまったんだろう、あのとき、リノベーションの話をつぶして……それでここがつぶれてしまうことになったら）

ものすごい罪の意識が胸をおおっていく。

あれはこの隣の家を売って更地にするという話だった。あとで知ったのだが、片山不動産がそうアドバイスしたらしい。そしてそれを資金の元手にして近代的なビルのような酒屋にするとかしないとか。

（きっと……新堂さんは……ここを存続させようとして）

結局、沙耶がよけいなひとことを口にしたため、あの契約はなくなってしまった。

（……どうしよう……もしここがなくなってしまったら）

そんなことを考えながら、奥の作業場の前まできたときだった。

「……遠野さん」

後ろから声がして、沙耶ははっとふりむいた。

土間の通路のむこう——細長く浮かびあがった扉の奥にある中庭。そこに早春の陽ざしを浴びて、たたずんでいる新堂の姿があった。なにか作業をしていたのか、頭には三角巾、作務衣の足元に長靴を履いている。

「そんなところで……なにしてるんですか？」

新堂が近づいてくる。

「想像してたの、江戸時代からの歴史を」

「え……」

「いろんなひとたちの気持ちを感じようとしているうちに、罪の意識……それから感動で胸がいっぱいになって」

「……？」

三角巾をとり、新堂が小首をかしげる。彼のほっそりとした影が土間の上にうっすらと伸びていく。こういうのも古い家特有の感じだ。

「この家の空気がすごくて。生きている建築物って感じで。素敵だなあって。もう百歳のお年寄りだけど、まだまだ生き続けたいって言ってるみたいで」

「それが感動……ですか？」

新堂は不思議そうに目を細めた。

「そう、感動しない？」

笑顔で問いかけたが、新堂は表情を変えない。やっぱりこのひとには感情はないのだろうか。作り笑い以外、見たことがない。

「それで、罪の意識というのは……？」

淡々とした口調で新堂が尋ねてきたとき、一人の老人がなかに入ってきた。青い法被《はっぴ》を着た作務衣姿のおじいちゃんだった。

「……」

見事なほどの真っ白な髪が陽の光をあびて、ちょっとばかりプラチナブロンドのように煌めいて見えた。

「八田《はちた》さん、きてくれたんですか」

新堂がほっとしたような顔で話しかける。しかしその八田さんというおじいさんはしかめっ面で沙耶に視線を向けた。法被に「天舞酒造」と書かれている。

「こちらの八田さんはここの古い職人さんで……八田さん、こちらの女性は……」

新堂の紹介をさえぎるように、おじいさんは大きいため息をついた。

「ふーん、今度はまともな女子《おなご》やなあ」

まともというのはどういうことだろう。沙耶は目をぱちくりさせながらも、八田さんにぺこりと頭を下げた。

「坊ちゃん、こんな素人の女子はんを連れてきてなにしてはるんや」

素人？　坊ちゃんというのは新堂のことか。

しっかりした腰つき、喋りかた。けれど八十くらいだろうか。上品な雰囲気だが、ちょっと怖そうだった。

「この前のことは誤解です」

「誤解というのは、芸妓《げいこ》さんが大勢きていたことか？」

「はい、あれはお酒の仕入れのことで」

「坊ちゃんはその気でも、あちらさんはけっこう本気だったみたいやないか」

苦い笑みを見せて新堂が困ったように肩をすくめる。

「ほんまに、あんたはどうしようもないなあ。女将殺しの若杜氏、芸妓殺しの蔵人とあちこちで言われて」

女将殺し？　なんなの、それ。

沙耶はまばたきもせず、隣に立った新堂の横顔を見あげた。

「ですが、おれは自分から行ったことは一度もありません。ただいつもご贔屓にしていただいていて、ありがたいなあと感謝の気持ちでいっぱいで」

新堂はふわっとほほえんだ。

「それがあかんのや、そうやって、その笑顔で、すぐに女をだまして」

「だましてないですよ」

「そやから、職人全員、出ていくことになったんや」

八田さんの言葉に、沙耶は呆然と目を見ひらいていた。

（あれ……大企業に引きぬかれたんじゃなかったの？）

新堂さんが女ぐせが悪いから職人さんたち、出ていったの？

キョトンとしている沙耶の背を八田さんがポンと叩き、玄関口を指差す。

「お嬢ちゃん、この男はな、こう見えてけっこうなワルでっせ。引っかかったらあかん。泣きを見る。今のうちに出ていき」

「あ……あの、でも」

「八田さん、彼女はそういうのじゃないんです」

「部外者がこんなとこ、入ったらあかん。はよ、出ていき」

すごい剣幕だ。とりあえずこの場から離れたほうがよさそうだ。

「すみません、わかりました」

沙耶は松葉杖をつき、そそくさとその場を後にして、母屋との間にある中庭へと出た。

そんな沙耶に二人の話し声が聞こえてくる。

「坊ちゃん、ほんまに、ここ、やる気があるんですか」

「ええ、もちろんです」

「どうも本気が感じられん。まあ、今期はここまできたんやし、手伝いますけど。杜氏を名乗る以上は、ちゃんとやってくれないと」

「すみません」

よくわからないが、なにやらもめているようだ。

いけないいと思いながらもそこで沙耶が話を聞いていると、ふわっといきなり後ろから白檀の香りが流れてきた。

あたりを見まわすと、ごそごそと庭木のむこうにうごめく影がある。

吟太郎？　ではない。彼なら、ソラくんと縁側で日向ぼっこして眠っている。

（なに、なにがいるの？）

雪の溶けた椿の木と柚子の木の間から、ふっと漆黒の法衣を着た男性が現れ、沙耶は思わず声をあげた。

「うわっ」

猫かなにかかと思ったら人間だった。しかも長身の男性。さらにお坊さん。

「初めましてて。隣の久遠寺の副住職です」

やわらかく微笑した若い男性を沙耶は目を見ひらいたままじっと見つめた。

副住職、つまり僧侶だ。といっても、髪は金髪に近いサラサラの茶髪。耳には小さなピアス。うさんくささ全開のお坊さんである。

「あの……日本人ですか？」

「そうや。ピュアを意味する純と正直者の正と書いてじゅんせい。よろしく」

はんなりとした京言葉で彼が自己紹介をしていると、作業場から出てきた新堂があきれたような顔で声をかけてくる。

「純正さん、どこから入ってきたんですか」

「そこ、いつものとこ」

お坊さんが懐から扇子を出して椿と柚子の木の間の竹垣をさす。よく見れば、小さな竹製の扉があった。そこからお隣と出入りできるようだ。

「そこ、鍵をかけていたはずですけど」

「まあまあ、気にしない気にしない。こんな錠、一瞬ではずせるから」

純正というお坊さんが手のひらにあった小さな錠を新堂にポンと投げる。ほっそりとした手首から琥珀色《こはくいろ》の美しい数珠《じゅず》がちらちらと見える。

淡い早春の陽射しが彼に降りそそぎ、色白の綺麗な風貌を浮かびあがらせる。そのままモデルになれそうなほどの美しさ。色素が薄くて、フランス人形のようだと思った。

「ところで、すぐるん、彼女が例の？」

純正がこそっと新堂に耳打ちする。

「はい、そうです」

沙耶はハッとした。

そうだ、今、自分が着ている衣類も昨日の着物もすべて彼のおばあさんが用意してくれたものだった。

「あの、昨日は和尚さんのおばあさまにお世話になったみたいで。どうもありがとうございます。わたし、遠野沙耶といいます」

「沙耶ちゃんか。ええ名前やねえ。あ、これ、お土産。そこに新しくできたお店のビフカツサンド買ってきた。めちゃおいしいし、ぼくも今日の昼ごはんにする予定。そっちも今日のランチにすれば」

ふわっとした法衣の袂《たもと》から白い紙袋をとりだし、純正は新堂の手にポンとおいた。

ビフカツ？　お坊さんが？

「おおきに、どうも。じゃあ、揚げ出し豆腐は夜にします」

「揚げ出し豆腐？　それやったら、うちのお寺にも差し入れして」

二人のやりとりをじっと見ているると、こちらの視線に気づき、純正和尚は目を細めて沙耶にほほえみかけてきた。くりくりとした目が細くなってちょっと猫みたいだと思った。

「説明してへんかったね。ぼくとすぐるんとは、生まれたときから今日までずっとお隣さん。幼なじみで、同い年。もはや腐れ縁というやつかなあ」

「学年が違います」

新堂がぼそっと言う。

「そうそう、十二月生まれのすぐるんと、二月生まれのぼくと、干支は同じなんやけど、学年はぼくのほうがひとつだけ上やねん。十カ月だけ年上」

新堂の肩に手をかけ、すっと純正が自分にひきよせる。年上といっても、ちょっとだけ新堂のほうが背が高いのでどちらが上なのかわからない。

「それで、純正さん、用はなんですか」

その話し方。生まれたときから知りあいなのに、新堂は純正にも敬語を使っている。

「おばあさんから伝言があったねん。そこのお嬢さんに。襦袢代と着付け代、くれって」

え……と、沙耶は硬直した。

「その前に質問。お嬢さん、沙耶ちゃんという名前、やったっけ。沙耶ちゃん、昨日、この男からプロポーズされたんやね？」

「え……ええ」

「そして、振ったんやね？」

沙耶はちらっと新堂を見た。表情が変わらないところを見ると、話題にしても問題はないようだ。

「振ったというか……意味がわからなくて……お断りを」

おずおずと言う沙耶の言葉に、純正はあきれたように笑う。

「あーあ、もう、すぐるん、ちゃんと説明しないから」

「純正さんには関係ない話です」

「関係ある。ここがつぶれたら困るやん。沙耶ちゃん、びっくりしたと思うけど、すぐるん、悪気があって言うたんと違うから。八田のおじいさんに条件、出されただけやし」

「ああ、それ、さっき八田さんに会ってなんとなくわかりました」

沙耶はそう答えた。

「そうやねん、この店のために、早く所帯をもつように言われてるだけで。決してうさんくさい男というわけではないから。こう見えても、けっこうまともやで」

そう必死で言われれば言われるほどうさんくさく感じるのはどうしてだろう。

「純正さん、いいですから、そういうのは。だいたいうさんくさいのはあなたのほうじゃないですすか。お坊さんなのに、茶髪、ピアス、しかも差し入れがビフカツのサンドイッチって……」

まあ、ええやん、と純正が新堂の背をバシッとたたく。

「ちゃんと教えがあるんや、自分のために殺されたものやなかったら食べてもええんやと。この茶色の髪は生まれつきやし、ピアスは母親の忘れ形見。フランス産の母親の。ちゃんと意味があってやってんの」

母親がフランス産。ではハーフなのか。納得した。

「それで、沙耶ちゃん、プロポーズの件、ぼくから補足するね。しつこいようやけど、すぐるんは、こう見えて、ただの遊び人でもただの女泣かせでもあらへん。蔵元も杜氏も兼ねている希少な職人なんや」

その二つの違いがなんなのかさっぱりわからないが、すごい職人であるというのは理解した。それとプロポーズとどう関係あるのかはわからないけれど。

「ただこの性格のせいで、誰も職人さんがついてこなくて、昔からいるひとたちもやめたいと言いだして」

それはなんとなく納得。新堂はちょっとわかりにくい。他人に理解される感じはしないから。人づきあいも下手そうだ。

「そんなとき、伏見にある大企業から、職人らの引きぬきの話があったんや。今、日本酒ブームで、腕のいい職人さんが足りないから」

話がつながった。つまり新堂のことがイヤになったり、信頼できないと思った職人さんたちがここをやめたいと思っていたとき、ちょうど引きぬきの話があったのだ。そして、みんな、そのまま大手企業に行っちゃおう……という流れになったのだろう。

「今は新堂さんだけで作業しているけど、つい最近までは職人さんたちもいたんだ」

「わかるんですか？」

新堂は不思議そうに問いかけてきた。

「そうじゃなかったら、自分一人で造れる量しか造らないんじゃないの？　急な引きぬきがあったから、人手が足りなくなったんじゃないかなって」

「そのとおりです」

うなずいた新堂の肩に手をかけ、純正和尚が話をつけ加える。

「そう、ついこの前や。二月初めくらいやったな。いきなり、みんな、伏見の蔵元にいくと言いだしたのは」

「それでなんとかひきとめようとしたのですが……」

新堂の話によると、賃金をこれまでの倍にして近代的な使いやすい作業場にするのなら残ってもいいという職人さんがいたので、それも検討してみたらしい。

「もしかして、わたしの会社にきたのって……」

「はい、それを検討していたからです。でも、遠野さんの意見を聞いてやめました。無理をする必要があるのだろうかと思って。それで賃金の件も作業場の近代化もやめると伝えたら、翌日から全員出てこなくなって」

「……！」

出てこなくなったって。つまりわたしがよけいなことをしたから？　それとも元々の問題のせい？

どちらかわからないけれど、それを訊くのは怖かった。わたしのせいだとはっきり言われてしまうと責任の重さに心がつぶれてしまう。

「すでに洗米を終えていたので、ちゃんとしたお酒にしたいんです。でないと、米にもうしわけないんです。今シーズンの、すごくいい米なんです。一粒一粒のきらめきと弾力がハンパなくて、神がかっているんですよ。太陽の恵みと大地の愛、それから農家のひとの魂が詰まって、ひときわきらきらしていて」

いきなり米をたたえはじめる新堂に、沙耶はぽかんとした。

神がかった米、太陽の恵みと大地の愛と農家のひとの魂……。はたしてどんなものなのだろう。

「きっと完成したらとてもなめらかで、喉越しが心地よくて……」

今まで無表情だったのに、きらきらしている。急になにかが変わったわけではなく、ただ、このひと自身がきらきらとして見えてきた。

そういえば、今朝、作業場で見た顔も不思議な感じだった。ちょっと妖しくて、ミステリアスで。

新堂さんは、本当に仕事が好きなのだ。

そう思うと、自分なんかが責任を感じることが逆に失礼な気がしてきた。もちろん、罪の意識からのがれたいわけではなくて。

「そうか、今年はいいお酒が造れそうなんだ」

「ええ、とても」

「そうや、だから……すぐるん、八田のおじいさんに相談したんや」

「ええ、祖父の代からここで働いてくれているので、力になってほしいと」

「そうしたら、八田のおじいさん、ほかの職人さんを説得してくれるらしいんやけど、条件を出してきて」

「条件……？」

「そうや。すぐるんが結婚することや」

「あ……」

「どんなにいいお酒を造っても、すぐるんがひとりでこの店をやっていくのは無理がある。一緒にこの店を愛してくれる奥さんを見つけることが条件」

「なるほど」

「そうしたら、職人さんを説得してみるって。反対に、今までみたいにチャラチャラしていたら放っておく……と」

ああ、それで沙耶に結婚してくれということだったのか。もちろん、それでなかったら、いきなり初対面に近い相手にプロポーズなんてしないだろう。かえってすっきりした。

「でも、それならダメじゃない、もっとちゃんとした奥さん、さがさないと。わたしに契約結婚をもちかけるなんて、みんなへの詐欺じゃない」

「いえ、だからこそ遠野さんにお願いしたんです」

「……え……」

「店はともかく、この家やこの建物にたいして愛情を持ってくれる気がしましたから」

「ああ、そうか。でも昨日の女のひとは？」

「ああ、彼女は、すぐるんの高校時代の同級生なんやけど、昔からずっとすぐるんのことが好きで、結婚相手募集しているとわかったとたん、やってきたんや」

「本気のひとは困ります。だから断りました。この店はどうでもいい感じでしたので」

だんだんわかってきた。店を守るのが目的で「お嫁さん」を仕事としてやってくれる人間をさがしていたのなら、たしかに沙耶は理想的かもしれない。

恋愛感情はなし。契約結婚をたしなめそうな親族もいない。一刻も早く、猫と一緒に住むところをさがさなければいけないせっぱつまった現状……。

そんなことを考えていたとき、純正和尚がすっと手を出してきた。

「え……」

「ところで、早《は》よ、お金ちょうだい、沙耶ちゃん」

ニコニコと笑いながらの、その唐突な言葉に沙耶は小首をかしげた。

「お金って？」

純正が作務衣を指さしてくる。

「あんたが着ている作務衣や。昨日の着物も」

「……？」

「お金、もらってへん」

そちらから用意してくれたのに……それって？

「ああ、あと、昨日のお医者さん代、うちのところで立て替えたんでよろしく」

「お医者さん代？」

「そーや、最初にクリニックで診てもらったやろ。あれ、うちのおばあさんが立て替えたんや」

「それはごめんなさい」

「お年寄りの少ない年金から払うたんやし、早く返してやって」

「純正さん、それならおれが払います。吟太郎を助けてもらったので」

「あかん」

新堂の言葉を純正が強い口調でさえぎる。

「それはおかしい。あかの他人さんや。すぐるんが払うことないやん」

「まあ、そうですけど」

「うちかて慈善事業しているわけやあらへんし、そやしな、早よ、払って。おばあさんから、徴収命令がくだってるねん。今日の午後にお寺に来るから、それまでにって」

「わかりました。それで、いくらですか？」

「お医者さん代、着物代、作務衣代、それからサンドイッチ代……しめて、二十三万てところや」

「え、ええーっ、そんな」

なぜサンドイッチ代まで入っているのかと頭のどこかで思いながらもそれを冷静に整理している余裕はなかった。

「お昼までに。そこにATMあるから、行ってきはったら？」

「ええ、ちょっと待ってください。分割で……」

「あかーん、分割なんて。けどな、ここの女将さんになるっていうんやったら、話は別や。檀家さん相手にせこいことは言わへん」

純正はこれ以上ないほど意地悪い笑みを浮かべた。僧侶というより、それこそ閻魔大王のように。

「え……」

「それやったら……お祝いということでチャラにする」

「ちょっと、純正さん、それ、脅しです。おれ、そこまでして、この店を守ろうなんて」

「でもそれやったらどうするんや」

　眉間にしわをよせ、純正が新堂の胸ぐらをつかむ。その手をトントンとなだめるように軽く叩くと、新堂はにっこり笑った。

「もういいんです。もうあきらめました。今さっき、八田さんにも言いました。今、やっている春の出荷分を完成させたら、ここ、たたみますって」

「それやったら、『天翔の舞』がこの世から消えてしまう。麹までたどりついたのに、残りのお米、どうするん」

「いいんです。ここをたたんだあと、伏見の酒蔵で働くつもりですから。そこで同じ酒を造ります。米はべつの蔵元に」

「せっかくの米を、別の蔵元に？」

「はい」

「あ、じゃあ、権利も伏見の会社のもんになってしまうやん。あれはここのオリジナルの酒やろう。造り方、教えるのか？」

「しかたないです」

　なんなのだろう。その「天翔の舞」とは。

　と思ったとき、店の玄関に積まれていたラベルの中に「天翔の舞」というのがあったのを思いだした。

あれだ。まだ空のままの瓶に、これから貼る予定のラベル。

「それやったら、夏の生酒はどうなる?」

「生酒なら、春に造ります」

「あかーん、春なんて。夏のほうがええんや、ここのは祇園祭のときのお酒が一番ええ味やないか」

彼らが話している間に、沙耶はそっとスマートフォンをとりだして調べた。

「天翔の舞」は大吟醸の純米仕込みという高級なお酒で、甘口でも辛口でもどちらでもいける香り高く、コクのあるお酒らしい。

量産されていないのでレア度が高いとして一部では人気だとか。

知る人ぞ知る幻の美酒百選のトップ3などというものにも入っている。

もしかして新堂はそんなに有名なのだろうかと調べてみると、日本酒通の間ではそこそこ名前のしれた杜氏だというのもわかった。

この店も江戸時代から続く老舗として人気だったらしい。

けれどこの十数年で彼の祖父や父が亡くなり、職人も減り、時代の流れとも合わず評判が下がりはじめているようだ。

現在、母親もいないらしい。兄弟もない。親戚もない。

残った職人たちは、最近、伏見の大手酒造会社から引きぬきがあったようだ。

「それで、沙耶ちゃん、お金なんやけど」

純正の言葉に、沙耶はにっこりと微笑した。

「わかりました、お金、お祝いとしてもらっておきますね」

「え……」

二人が声をそろえて問いかけてくる。

八田さんが近くにいないことを確認し、沙耶はあかるくほほえんだ。

「わたし、花嫁という仕事につきます」

決めた。仕事としてやってみたい。一人の職人が一生懸命がんばっているのだ。それを助けられるのなら、協力したい。

「え……沙耶ちゃん、マジで？」

「え……遠野さん、いいんですか？」

また二人がハモる。

そうだ。それが一番いい。そうすれば、この蔵元も存続可能、沙耶も足が治るまでここにいられる。ソラくんの居場所もできる。

「じゃあ……わたしはお店で働くのね？」

「あ、はい、もしよかったら」

「その間、ここの改装、してもいいですか？」

「え……」

「このお店、綺麗にしたいなと思って。リノベーションデザインの勉強してきたので」

「え、ええ、別にいいですけど……いえ、むしろありがたいです。そんなこともしてくれるのですか」

「やったー。それなら、わたし、いいお嫁さんになれるよう努力する」

飛びあがろうとして、パタンと松葉杖を床に落としてしまう。手を伸ばして拾おうとする新堂の背を純正が楽しそうにパンパン叩く。

「すぐるん、この子、最高やん」

「はい」

「こんなボロ町家、嫌がる女子が多いのに。綺麗にするって言って喜んで。これでここ、守れる。沙耶ちゃん、おおきに。ええお嫁さんなってな」

「わかりました。どうぞよろしくお願いします」

「うん、ほんまに沙耶ちゃん、ここの職場にぴったりやな」

純正の言葉に、新堂が「はい」とうなずく。

「そう？　造り酒屋のかわいいお嫁さんって感じで？　それとも色っぽい美人女将という感じかしら～」

あまりに褒められると恥ずかしい。照れかくしのつもりで語尾を甘ったるく伸ばして冗談めかして訊く。色っぽさがないのは重々承知の上だが、すかさず新堂が否定する。

「それは困ります。ここには、かわいいお嫁さんも色っぽい美人女将も必要ないんです。遠野さんはそのままで大丈夫です」

沙耶は「え……」と眉を寄せる。すると新堂はいつもの飄々とした無表情で一つ、二つと指を折りながら、花嫁の条件をならべていった。

「ここに必要な花嫁さんは……第一にこんな古い町家でも平気で暮らせることです。遠野さん、平気どころか、ここが好きだと言いましたね」

「え、ええ」

「第二に吟太郎から好かれている、第三に体力、第四に接客経験、第五におれのことが好きでも嫌いでもない、あとは数字の計算が得意で、酔っ払いぐせはない。大酒飲みだと、お酒がたくさんあるので困った事態になるので」

「なるほど」

「遠野さん、まさに理想的なんです。引きうけてくれてとてもうれしいです」

とてもうれしい——と言いながらも、ちっともうれしそうに見えない。ふつうにホッとしている感じ。

まあ、でもたしかにそのとおりの条件だ。

ただ、理想だと口にされても、心なしかけなされているように聞こえ、沙耶はゆるく苦笑を浮かべた。

「それから、遠野さん、動物だけでなく、老人にも好かれそうなタイプですよね。八田さんもまともな雰囲気だと褒めていました。酒造りの職人は男ばかりで女っ気ゼロの職場が多い。そこで黙々と酒を造るのですからね。彼らをムダにときめかせないところもとてもいいです」

それは……つまり色気がないと。たしかに動物、老人、それから子供にはよく好かれる。残念なことに妙齢の男性からはゼロですが。

「へえ、まともな雰囲気ねえ。めずらしいなあ、八田さんが気に入らはったんや」

純正が感心したように言う。

「わたし、気に入られたの？　出て行けと言われたのに」

「大丈夫です。まともと言われた時点でクリアです」

「やっぱり、この子がええな。見た目もあかるくてかわいいし、ここの契約花嫁が終わったら、うちで寺嫁さんの契約して欲しいくらいや」

沙耶の肩を純正がポンと叩く。

「え……」

「まあ、それは次にして、まずは婚約成立ということで、次の町内会でご近所に紹介せなあかんなあ。ちなみに町内会の会場は、うちのお寺にある幼稚園の講堂やし、あいさつ、よろしく。みんな、びっくりするわ。泣く女子もいっぱいや。ああ、楽しみ楽しみ」

意味深にほほえむ純正に、一瞬、早まったかなと若干の不安をおぼえる。

契約花嫁などという変な仕事についていいのかどうか。でも、やると決めた以上はちゃんとまっとうしなければ。

目的は、このお店の存続。この歴史のある酒蔵をちゃんと残していくため。

そう思うと、力が湧いてきた。

「今日からここで暮らすんだよ、ソラくん。吟太郎くん、よろしくね」

縁側にいる二匹に笑顔をむける沙耶に、新堂がクールに声をかけてくる。

「それより、早く出かけますよ」

玄関にむかう新堂の背を見つめ、沙耶は小首をかしげる。

「え……どこに」

「警察……ですよ。いいんですか、スーツケースのこと。次の温度調節まで二時間しか時間がないんですから、急いでください」

あ、忘れていた。スーツケースのこと、届けに行かなければいけないんだった。

「行く行く、行きます」

沙耶は松葉杖をつきながら新堂のあとを追った。

あのひとと結婚か。

偽装結婚、契約結婚……そんなことは、映画やドラマのなかだけの話だと思っていた。今でも嘘のような話だと思う。なのに、まさか自分がしてしまうことになるとは。どうなるかわからないけど、決めた以上は楽しく暮らしていこう。そう決意しながら、沙耶は玄関でふりかえって、一礼した。

築百年以上の町家さん。しばらくここでお世話になります。

今日からよろしく。

3　契約結婚の新婚さん

「——初めまして。このたび、天舞酒造に嫁ぐことになりました遠野沙耶です」

翌日からご近所へのあいさつまわりがはじまった。

新堂の「天舞酒造」は、江戸時代から続く古い造り酒屋ということで、顔見知りのご近所さんが多い。

なので契約結婚だとバレないよう、先に打ちあわせをしておいた。

新堂の家の縁側で、ならんで座って近くで売っている和菓子を食べながら。

「なるだけリアルに近い筋書きにしておきましょう。できるだけ嘘はつかず、いらないことは口にしないというのがいいと思います」

「そうね、わたし、嘘が苦手だし」

「はい、それも承知したうえでのことです」

ということで、簡単なシナリオを用意することにした。

第一にどうして知りあったのかと訊かれた場合の答え方。

出会いは新堂がリノベーションの相談に出入りしていた北野天満宮近くの会社。もともとはクライアントとその会社の社員という関係だった。

——これは完全にリアル。

第二につきあったきっかけを訊かれたとき。

おたがい猫好き犬好きということで気があい、それぞれの猫と犬も相手によくなついてくれた。

——これはちょっとフェイクだけど、リアルではないこともない。

第三に結婚への動機を質問された場合。

沙耶の会社の契約期間が終わったのをきっかけに、思いきって結婚することにした。けれど事故で沙耶が怪我をしたため、結婚式や入籍は延期。とりあえず今シーズンの酒造りが落ちつくまでは保留ということにした。

——これもリアルなようでフェイクなようでリアルだ。

第四に沙耶の実家について。

どこの出身かと尋ねられたときは「高知育ち。実家も高知。だけど生まれたのは京都の西陣」と正直に答える。母親と叔母と妹がむこうにいる。父方の親族は今は東京にいて連絡はとっていない。

——これももちろんリアルである。

「だけど、どうしてわざわざ私の実家のことまで」

　不思議に思って沙耶は尋ねた。

「京都人のなかには、どこのひとですか？　とあいさつのように訊くひともいます。ご近所のつきあいが濃いので、そういったプライベートについてなんの悪気もなく尋ねてくるひともいますが、だからどうというわけではありません」

「なるほど」

　つきあいを円滑にするための方便の一つか。沙耶の実家でもそういうことはあった。新しく引っ越してきたひとに対して。

「それ以上はなにも話さないほうがいいでしょう。偽装結婚がバレてしまいます」

　そういえば、どこかのテレビかなにかで京都には、暗黙の了解のように住んでいる場所のカーストがあると耳にしたことがある。

　洛中、洛外で、なんとなく立場がわかれるとか。市外は論外。近畿圏の他府県ももちろん。それ以外はよくわからない。

　では沙耶は、カースト圏外から、カースト最上位に嫁いできたということになるのか。

「お茶、どうぞ」

　ポットのお湯が沸くと、煎茶を湯吞みに入れ、新堂は沙耶に手わたしてくれた。

　若草色の湯吞み茶碗がとても美しい。

　でもそれより綺麗なのは湯吞みに触れている新堂の指。透きとおりそうなほどキメが細かく、そして細い。麹に触れているとそうなるのだろうか。

「ありがとう」

湯呑みに唇を近づけると、ふわっと渋味のあるさわやかな香りがしてきた。

透明な黄緑色のお煎茶はほどよい熱さで、口に含んだだけで全身がデトックスされるような心地よさだ。

「おいしい。わたし、こんなに上手にお茶を淹れられない」

「お茶の淹れ方は慣れですよ。あ、あとはギプスがとれて、正座ができるようになったら、隣の紫子《ゆかりこ》おばあさんがいろいろと教えてくれると思います」

「え……なにを？」

「花道、茶道、書道、あと着付けも……できたほうがいいです」

どれもできない。正座もあまりできない。

「なんでそんなことが必要なの？」

「花道は、店にさりげなく花を飾るためです。プロの腕前は必要ないです。お茶を淹れるようにさりげなく花を活けられるといいですね」

「たしかに」

店先には季節の花など飾ってあったほうがいい。想像してみると、それだけで華やかなあかるい気持ちになる。

「そうか、お花があるといいね。わたし、お花、おぼえる」

沙耶はこぶしをグーにして笑顔をむけた。

「茶道は……点《た》てることができなくてもいいので、飲めるようにだけしておいてください。お隣をはじめ、このあたりは小さなお寺が多いので、そうしたところでのお茶席もつきあいで顔を出さなければいけないんです」

ああ、そういうことか。

「よかった、点てなくてもいいなら、お茶も好きになれそう」

「好きに？」

「だって、和菓子食べて、お抹茶飲めばいいいんでしょ？」

「まあ、そうですけど。あと、書道は、宛名書きやお礼状に必要なんです。筆ペンでもいいんですが、お得意さまには手書きの宛名を」

「それは大丈夫かも。片山不動産にいたとき、筆ペンでの宛名書きの練習をしたから。でも本格的な墨を使った宛名書きも勉強できるならうれしいな」

「やってくれるんですか？」

意外そうに新堂が訊いてくる。

「もちろん。お得意さまが喜んでくれることなら」

うなずいたあと、沙耶は近づいてきた吟太郎の頭を撫で撫でした。いつしかソラくんが新堂のひざでくつろいでいる。

「それはありがたいです。着付けですが、店舗にいるときは簡単な和服と割烹着あたりをつけていただくと、こちらもお得意さまやお客さまに受けがいいと思います。無料で紫子さんが教えてくれます」

「そうか、作務衣もいいけど、着物のほうがはんなりしていていいもんね。ただで教えてもらえるなんてありがたいな」

感動したように言う沙耶を、新堂はめずらしそうに見た。

「遠野さんて……」

言いかけ、言葉を止めた新堂に沙耶は問いかけた。

「え……なに？」

「いや、すがすがしいほどのポジティブシンキングだと思って。うらやましいです。ここまで前向きなひと、初めて会ったので」

褒められているのか、けなされているのか……わからない。

「それ、京都人的イヤミ？」

「まさか、本心です。気軽に遠まわしな言葉が口にできるほど、特に頭がまわるタイプでもないですし、ザ・京都人という感じでもないので」

「そうかな。わたしからすると、新堂さんも立派なザ・京都人に見えるけど」

いちいち頭で考えなくても、素でできているイメージ。

「京都人で思いだした、そうだ、あれ、たしかめておかないと」

沙耶は手をパチンと叩いた。

「あれあれ、あれよ。今まで会社関係でしか、京都のひとと接したことないからわからないんだけど、あの有名なこと、知りたかったの。ほら、お客さんに帰ってほしいとき、『ぶぶ漬けでもどうですか』と言うやつ。ほんとにあるの？」

「……あ、あれですか」

ゆるく苦笑し、新堂はやれやれと肩をすくめた。

「ないの？」

「ないですよ、いまどき、玄関先でぶぶ漬けでもどうですかなんて。しかもそんなに有名になった言葉、使ってしまうのもどうかと」

「じゃあ、それと似たようなことは？」

「あるかもしれませんが……いずれにしろ、できれば、それは京都人的なイヤミではなく、京都人的な気づかいの文化と思ってください」

「気づかい？」

意地悪ではなく？

「はい。『もうそろそろ帰ってください』とか『うちは夕飯時なんでそこにいられたら困ります』……と正直に言うと、相手が気を悪くして、人間関係に波風が立つので、遠まわしに言って気づいてもらうための、言葉の知恵なんですよ」

言葉の知恵……。

遠まわしな言葉の文化は、沙耶の故郷にはなかった。母などははっきりお客相手にも思ったことを口にしていた。

『もう遅いし、おっちゃん、早よ、帰って』

『いつまでうちで遊んでいるの。早く帰らないと、奥さん、怒るよ』

お客さんもお客さんではっきり口にしていた。おいしくないとか、口に合わないとか。

誰も細かなことは気にしていなかったと思う。

（それはそれで楽ちんだけど……気づかいの文化もありだと思う）

なによりも相手を傷つけないですむ。

わたしは相手からはっきり迷惑だと言われると「しまった」と思って引いてしまう性格だったから。

「どうしました？　やっぱりイヤミに感じられますか？」

心配そうに訊かれ、沙耶は首を左右にふった。

「そんなことない。すごいなと思ったの」

沙耶は純粋にほほえんだ。

「わたしの実家のあたりにはそういうのなかったから。でも言われたほうはそのほうが救われるね。正直に、迷惑だ、困ったと言われるより、遠まわしに言われ、自分の内側で気づかされたほうが救われる。次に、またきても大丈夫な気がして」

そこまで言って、ハッとする。

「まあ、わたしの場合、遠まわしな言葉に気づかず、そのままぶぶ漬けを食べ、ごちそうさまーと言って帰っちゃいそうだけどね」

ハハと笑った沙耶のひざに、新堂はポンとソラくんをおいた。

「いいですよ、おれにはそれで」

「え……」

ミャーと抱きついてきたソラくんを抱きしめながら、沙耶はぽかんとした顔で新堂を見つめた。

「なんも気にせず、ガツガツ食べてください。この家のなかで、好きなだけ食べて、好きなだけ動いてください。さっきの最低限のことができたらご近所から嫌われることはないです。遠野さんはそのままのほうがいいです」

褒められているのかけなされているのかわからないけど。

「そのままでいいなら。まあ、じゃあ、遠慮なく」

どうなるのかわからないけれど、考える前に身体が動いてしまうほうなので、先にあだこうだと考えるのはやめておこう。

「それから家のなかのことはおいおい説明していきますが、シェアハウスみたいにそれぞれの空間を決めて動きましょう」

「わかった」

「母屋にある浴室、トイレ、キッチンは遠野さんが使ってください。作業場にある泊まりこみ用の簡易キッチンやユニットバスはおれが使います」

「母屋、わたしが使ってもいいの？」

「どうぞ。その足だと、広いところのほうがいいでしょう」

「助かる、ありがとう」

「食事は当番制で」

「え……」

「朝と夜はおれが作りますので、昼は遠野さんが。食事のメニューは前の夜に相談しましょう。ギプスが取れて、足が治ってからでいいので」

「……料理か。そんなに得意じゃないけどがんばってみる」

「それまではおれが作ります」

「ありがとう」

笑顔で言いながらも、内心は若干引きつっていた。

実は食べ物にはさほどこだわりがないので、「得意じゃない」どころか、自分で料理をするのは「苦手」なのだ。

母の店を手伝っていたとき、余った食材で母がてきとうにお店の賄《まかな》い飯を作ってくれていたのもあって、自分でなにか作ったことはなかったのだ。

一人暮らしのときのように、適当というわけにはいかないよね。

ご飯にスープやお味噌汁をかけた猫まんまとか。チキンラーメンを炊飯器に入れて炊いた味つけご飯に卵をポンと割るとか。

（けっこうおいしいんだけど……）

しかし新堂とは天と地の差がある。

昨日の牛そぼろも揚げ出し豆腐もお味噌汁もおいしかった。今朝の三つ葉の天ぷらのシャキシャキ感も焼き鮭の塩加減も最高だった。だし巻き玉子は、母のものより新堂のもののほうが好き。

それと同じレベルはまず無理だ。

（新堂さんは和食中心、わたしは洋食と中華担当……とかいうほどの料理じゃないもんね……）

まずい、ほかになにか作れるものがないか考えていると、新堂は次の話題をふってきた。

「そうだ、一つ、お願いがあります。お友達はできれば家に入れないでください。お店はお客さんとしてならいいですけど」

「友達なら大丈夫。一番仲が良かったミナちゃんは東京で働いているし」

「同郷の友人ですか？」

「そう、東京の大学に進学して、今は銀行に就職して働いてる。最近は、スケート観戦にはまってるみたい」

「京都に友人は？」

「前の会社に、一緒にご飯食べたりする友達が二人ほどいたけど、わたしがクビになってから連絡してなくて」

「冷たい関係なんですか？」

「多分、気をつかっているんだと思う。クビになった相手と会うの、気まずいから。この結婚の報告も……なんとなくしづらいし」

「ああ、それはありますね」

「お湯呑みはわたしが片づけるから、新堂さんは仕事場へどうぞ」

「ですが、足が」

「松葉杖があっても片手で運べるから。さあさあ、早くお仕事に」

「ありがとうございます、すみません」

ぺこりと会釈し、新堂が三角巾をつけなおして仕事場へむかう。

まだ外の空気は冷たい。それでも赤い椿の花が咲いている。その前にある小さな梅の木にも蕾が見える。

まったく手入れのされていない庭だけど、春がもうすぐそこにきていることを教えてくれていた。


「あ、梅が咲いている」

その数日後、花が咲いていた。

それだけで、朝、起きたとき、心も身体も軽やかになるのが不思議だ。

小さな蕾だった梅の花。なんとなく紅梅かなと想像していたけれど、咲いたのは白梅だった。

この古い日本家屋に、とてもあっている。見ているだけですがすがしい気持ちになる。

「——吟ちゃん、ソラくん、ご飯だよ。さあ、早く起きて起きて」

ここにきて数日もすると、ピタ……と、朝六時前に目がさめるようになった。

自分でも立派だと思う。

造り酒屋をはじめ、京都の職人さんたちの朝は早い。

沙耶も六時前には起き、松葉杖でもできるような店の拭き掃除をしながら、吟太郎とソラくんに朝ごはんを用意している。

春先とはいえ、朝はまだひんやりとして肌がピリピリする。といってもそこまでは冷えこまない。山のほうには霜がはっているような白さが目立つけれど、お布団から出られないまでではない。

「はい、こっちがソラくん、こっちが吟ちゃん」

それぞれにドライフードを入れた器をさしだすと、カリカリと音を立てて楽しそうに食べはじめる。

ちらっと見ると、縁側の先——ずっと奥にある作業場から、酒を搾っている機械の音が聞こえてくる。

新堂は沙耶が起きるときにはすでに働いている。八田さんもきているようだ。

一応、ここの最高責任者なので新堂が「杜氏」という肩書きを持っている。さらに経営者なので「蔵元杜氏」というのが正式な立場のようだ。

けれど、本人は「蔵人の一人」だと言う。

「まだ杜氏を名乗るほどじゃないんです」

彼の口ぐせだ。

ここを閉めてしまうことになったら、新堂は伏見の酒造会社に就職することになる。そうなったら「杜氏」ではなく「一蔵人」になるそうだ。

京都の伏見にはたくさんの酒造会社があり、それほどお酒に興味がなかった沙耶ですら知っている名前の会社も多い。

(生活がぎりぎりの小さな蔵元を経営するより、そこで働いて、ただただお酒を造ったほうが、楽といえば楽な気もするけど)

まずは今シーズンのお酒をきちんと造って、来シーズンをどうするか。

八田さんが説得してくれた今の職人さんたちが来シーズンも続けてきてくれるかどうか。

そのひとたちを納得させるため、ちゃんと結婚してしっかりやっていきます――という形を整えるため、沙耶はこの契約結婚業を成功させなければならない。といっても、まだ婚約だけど。

「……来シーズンも続けるなら、本当に式をあげないとまずいよね」

カリカリと勢いよく朝ごはんを食べている吟太郎とソラくんにぼそっと話しかける。二匹ともちらちらと沙耶を見ながらも、食べることに夢中だ。

フードの器を片づけたあと、店舗の戸を開ける。

朝の心地よい冷気が店内に入りこみ、それまでのちょっと湿ったような古い家屋特有の香りが抜けていく。

店の前には大きな蜂の巣のような杉の玉。

これは造り酒屋さんには必ずぶら下がっているらしいのだが、最初に見たときはびっくりした。

古くなって染みができてしまったのれんが奥に放置されたままなので、新しいのを注文しなければと思っている。

もともとここ二年ほどは事務員もおらず、さらに最近は新堂が一人でやっていたので、店内にまでは気がまわっていないとのことだ。

たしかに殺風景で、何年もなんの手入れもされていないせいで、くたびれた感じしかしない。

すすけた白壁に、商品の名前と値段が印刷された紙が無造作に貼られ、壁の前の木の棚にずらっと一升瓶が置かれているだけ。

店の隅っこにある神棚はいつも綺麗にしてあるけど、その傍らにかかった火の用心と商売繁盛のお札はそろそろ交換したほうがいい気がする。

（そうか、こういうのもわたしの仕事なんだ。ギプスがはずれたらちゃんとやらないと）

この店は自分次第でどんどん変えられる。綺麗にできる——と思うと、ちょっとワクワクしてきた。

「まず最初になにをすればいいかな」

沙耶は店内をぐるっと見まわした。

東向きの店舗なので、まだ電気をつけなくても、午前中は入り口のガラス戸と格子窓からの光でそこそこ明るい。

この自然光のやわらかな感じがとても好きだ。格子窓から入ってくる光が土間のコンクリートの上に綺麗な縞模様を描く。

庭で切ってきた白梅の枝を一輪挿しに活け、そこに飾ると、それだけでほんのりあかるくなるようで、自然と胸もはずんでくる。

「いいですね、白梅ですか」

低い声がしたかと思うと、ふわっと甘い酒の匂いがする。ふりむくと、三角巾を頭につけ、作務衣に法被姿の新堂が立っていた。

「おはようございます。今、ちょうどいれたばかりなんですが、三月に蔵出しする新しい生酒、飲んでみますか」

「わあ、ありがとう」

「あ、先に神さまに。遠野さんも一緒に手をあわせてください」

パンパンと手を叩いて、神棚にお酒を供えたあと、新堂は赤い切子グラスに入れた生酒を沙耶に手わたした。

「では、改めてどうぞ」

ここの嫁になるからには日本酒にもくわしくなりたいと思い、こうして、時々、一口だけ飲ませてもらうようにしている。

「白く濁っている。でも香りはすごくみずみずしいね」

ワインのテイスティングのように、沙耶はぐるっとグラスをまわしてみた。甘い香りがふっとたちのぼってくる。

「それは生酒でもあらばしりというものです。あらばしりは一番最初に搾ったもので、とても新鮮なんですが、見た目は濁っているんです。でもアルコール度数が低いので軽くいけると思います」

「わかった。では、いただきます」

すごい。唇を近づけただけでふわっと果実のような甘い香りがして、飲みたいという気持ちに駆られる。一口ふくむと、舌の上をさらっと通りすぎて、一気に喉までたどりつく。

「うわ、おいしい」

思わず声をあげてしまう。

ほんとだ、飲みやすい。とってもフルーティな感じ。

生ジュース？　ううん、違う。

もっとなめらかかな……そうだ、心地よく冷えた軟水のミネラルウォーターに、ほんの数滴、桃か葡萄のような甘みのあるフルーツのしずくをしたたらせたような……そんな舌ざわりだ。

「これ、どの商品？」

沙耶は店舗の台に、一種類ずつ、ずらっと並んだ日本酒の瓶に視線をむけた。

「それはそこにある商品にはしないんです」

新堂は床に並べられた酒樽の前まで行き、トントンと蓋を叩いた。まだ空なので、コーンと高い音が店内にひびく。

「春、桜の季節に樽酒として出荷するんです。熱殺菌も加水もしないまま、無濾過、素濾過で、吉野杉でできた酒樽につめ、祝いの酒として」

「祝いの？」

新堂が「はい」とうなずく。

「このあたりは上七軒の北野をどりをはじめ、桜の季節ははなやかな行事や祝いごとが多いです。そこに『あらばしり——樽酒』と『天舞酒造』とだけ印刷したラベルを貼って、この近所のお世話になっているお茶屋さん、料亭、神社、お寺さんに」

「そうか、そういえばお酒の樽、お祝いごとでよく見かけるわ」

日本酒は、神さまへの捧げ物だ。縁起のいいものなんだと、今さらながら改めて実感する。

「なんか想像しただけで、ワクワクする。生まれたばっかりのピュアなお酒を神さまに奉納して、みんなで春を祝うなんて」

「ええ、日本酒はそうした意味でとても神聖なものなんですよ。樽に入れると、木の香りが酒にしみて、こうなんとも言えない味わいがあって」

ふだんは表情に乏しいほうだけど、こういうときの新堂はやたらときらきらしている。

「そうね、そもそもおいしいお米と美しいお水で造るんだもんね。日本人の命のもとのようなものよね」

「はい」

笑顔もきらきらとして、わけもなく胸がドキドキしてしまう。あまりに輝いているので、長く見てしまうと、落ちつかない。

「その一番最初にできるのがあらばしりか。おぼえておくね」

新堂から視線をずらし、手のなかの切子グラスをくるくるとまわしていると、「おいっ」と作業場のほうから八田さんのしわがれた声が聞こえてきた。

「すぐる坊ちゃん、朝の忙しいときに、嫁さんといちゃいちゃ喋ってないで、早く仕事にもどりや」

新堂がクスッと笑う。

「いちゃいちゃに見えるんですね」

「よかったね」

偽物だとバレていないよ、という気持ちで、同じように沙耶がほほえむと、しびれを切らしたのか八田さんがやってきた。

「ほらほら、すぐる坊ちゃん、早く作業場に」

ザラザラと草履の音を立てて後ろから現れると、八田さんは扇子のようなものでポンっと新堂の肩を叩いた。

「はい、今行きますよ」

「八田のおじいちゃん、おはようー、今日もよろしくね」

沙耶が笑顔でぺこりと頭を下げても、八田さんは冷ややかなまなざしでこちらを一瞥し、口から毒のある言葉を吐く。

「わしは、まだあんたのことをここの嫁と認めたわけやないからな。あらばしりのことも今朝まで知らんかったなんて、あかんあかん」

「ごめんね、おじいちゃん、少しずつおぼえるね」

彼はなんとなく偽装結婚に気づいているような気がしないでもない。

「出ていくんやったら、今のうちやで」

からかうように話しかけてくる。

「おじいちゃん、なんでそんなこと。まともだと褒めたくせに」

「まともはまともや。けど良くもない。嫁としてまだまだや」

「当たり前じゃない、まだ初心者なんだから」

「新婚らしい色気もあらへん。学芸会、見てるみたいや」

「セクハラみたいなこと言うの、やめて」

「その言葉づかいもあかーん、年上への尊敬の念があらへん」

「それ、おじいちゃんが最初に言ったんでしょ。敬語はかしこまった感じがしていやだ、友達みたいに話しかけろって」

「言うたおぼえない」

「言いました！」

「そんなこと言うてへん」

八田さんとは毎日こんなふうに漫才みたいなやりとりをしている。

認められてないのはわかるけど嫌われている感じもない。ちょっと理解不能だ。

昨日は「ちんまいコアラ」か「けったいなタヌキ」と言われた。要訳すると、小さくてまん丸なコアラ、おかしなタヌキだ。

「ちょっとちょっと二人とも。行きますよ、八田さん」

八田さんの腕をぐいっとひっぱり、新堂が作業場へとむかっていく。

「わしはまだ認めてへんでー」

土間にひびきわたる八田さんの声。引退していたとは思えないほど元気だ。

あのひとに認められなければ、来シーズンのこの店の存続は危うい。

新堂がどれほど腕のいい熱心な職人でも、ここを背負っていけるだけの力があると思われなければ、店はなくなってしまうのだ。

この店を残すということは、今飲んだとってもおいしいお酒も残すということだと思うと「がんばろう」とますます意欲が湧いてくる。

（八田のおじいちゃん……絶対、認めさせてやるからね）

ちんまいコアラだのけったいなタヌキだの。

あの憎たらしいおじいさんがここで働かせてください、みんなに頼むから、ここを続けてください――と、新堂と沙耶の前で深々と土下座をするというのを夢見よう。

「ふふふ、おじいちゃん、そこまで言うのなら働かせてあげてもよくってよ」

ベルサイユ宮殿の王妃のような雰囲気でほほえんでいる自分を想像するとちょっと楽しい。

「あ、もうこんな時間、ちゃんと玄関を掃かないと」

時計を見れば、もう八時半。他の職人さんがやってくる時間帯だ。

新堂と職人たちを仕切る「蔵人頭」の八田さんは、明け方から働いているけれど、他の職人さんたちは、朝の八時半から出勤してくる。

「おはようございます」

「おはようさん」

八時半の五分前、三人連れでやってくるのは、三十代の三兄弟。

代々「天舞酒造」で働いてきた「蔵人」で、彼らの父親の時代までは、ここに寝泊まりしていたらしい。全員、既婚者だ。

「おはようございます、こちらこそ今日もよろしくお願いします」

「今日も、あんたはん、元気やなあ」

「今日もよろしくなあ」

「三時のおやつ、醤油せんべいにしてなあ」

「了解です」

「ほな、またあとで」

あかるくて感じのいい三兄弟だ。三人がいっせいに退職したら、大変なことになるのもあり、とにかく気持ちよく働いてもらうため、元気いっぱい笑顔であいさつするようにしていた。この店の女将になるわけだから、お客さんだけでなく働いてくれているひとたちも精一杯おもてなしをしないと。

そして。

「おはようございます。奥さん、今日もよろしくお願いします」

八時半の一分前におずおずとやってくるのは、まだ二十五歳になったばかりの若い男の子——小塚くん。

出身は東北。なんと京都大学卒だ。頭がいいので、みんなからは「秀才くん」と呼ばれている。

農学部の応用生命科学科で醸造学を学んだ酒オタとのことだ。

ちなみに新堂も、一応、府立大学で醸造学について学んでいたらしい。でも早く家業につきたかったので、三年生のときに中退したとか。

小塚くんは、つやつやした黒髪、黒ぶちのめがね、白衣姿の小柄な、リスのような外見が女の子みたいだ。

きまじめで、お酒以外に興味がなく、特に女子は苦手らしく、こちらにピリピリとした警戒心をただよわせているのがなんとも愛らしい。

小塚くんにとってはここの女将さんが誰であろうとまったく気にしていない様子なので、こちらは気楽にあいさつできる。

そして最後、八時半ジャストにやってきたのは、八田さんの次男の子供——つまりお孫さん。といっても三十代後半、アラフォーにさしかかったばかりのベテランの蔵人だ。

「おはよーさん」

実にふてぶてしい態度のおっさんである。

このひとへのあいさつがめちゃくちゃ緊張する。

日に焼けていて、長身で、全身黒の作務衣。髪が逆立っているせいか、そこだけ焦げたニワトリのような感じがする。

祖父の八田さんに言われたので渋々やってきたようで、無愛想で高飛車な雰囲気がするのでちょっとだけ怖そうだ。

しかし新堂に言わせると「天才的な蔵人」らしい。

天才の基準がよくわからないけれど、八田さんも怖そうなおじいさんだし、お孫さんもクセがありそうで近づきがたい。

ただ名前はとてもかわいい。あれで八田カオルなんて違和感ありまくり。

八田さんは「八田のおじいちゃん」なので、お孫さんのほうは「カオルのおっさん」と呼ばれている。

酒蔵の風習なのか、京阪神にありがちなことなのかわからないけれど、ここでは誰もふつうに名前や役職では呼んでいない。

すぐる坊ちゃん、三兄弟の兄ちゃん、真ん中くん、秀才くん、八田のおじいちゃん、カオルのおっさん……。

沙耶はまだ呼び名はない。「あんたはん」「奥さん」「あんさん」「あんた」……せめて名前でも……と思ったそのとき、まさに「あんた」と呼ばれた。

「ちょっと、あんた……」

すれちがいざま、カオルのおっさんがふと足を止める。ふっと機嫌悪そうに目をすがめ、まじまじと沙耶を見つめる。

「……」

ぴくっと警戒して身体をちぢこまらせてしまう。

するとコンビニのビニール袋をポケットからとりだし、手袋のようにしてひょいと沙耶の頭の上に手を伸ばしてくる。

「あ……あの」

「あんた、おもしろいなあ」

「へ……」

「頭のてっぺん、カメムシ、ついてる」

ビニール袋でつままれた茶色のカメムシに、沙耶は思わず声をあげてしまう。

「ひゃあああっ」

そんなものがくっついていたなんて。苦手というほどではないけれど、いきなりは心臓が止まりそうだ。

「これ、そのへんに捨てとくよ」

玄関の引き戸を開け、ビニール袋をパンパンとはたいてカメムシを逃すと、「ほなな」と言って奥に進んでいく。

「あ……あ、ありがとうございました」

後ろから声をかけると、背をむけたまま手をふり、カオルさんが奥の作業場へと去っていく。下駄の音をひびかせながら。

職人さんたち――とくにカオルさんが去っていくと、ちょっとだけホッとする。入り口の空気が急に軽くなったように感じるのだ。

「終わったー。ふぅ」

毎朝、みんなへのあいさつはすごく緊張する。ウソがばれそうな気がしてドキドキするのだ。

顔をあわせるたび、ひやひやして足が震える。

彼らにきちんと働いてもらうため、「花嫁」として雇われているのだから、職務をまっとうしなければ。

一方、地元の商工会の評判はよさそうだった。

三月の会合で紹介され、「あかるくてさっぱりしたお嫁さん」と言ってもらえ、悪い印象にはならなかったようだ。

ちょっと面倒だったのは母だ。

「ほんまにあんたって子は、いきなり紹介もしないで結婚なんてどういうこと？」

婚約したというメールをおくったあと、母から電話がかかってきた。

「ごめんごめん、あとでメールする」

いろいろ言われるのが嫌でメールで説明をした。

――お相手は、二条城近くの蔵元「天舞酒造」の新堂すぐるさん。

――江戸時代から続く蔵元で、すぐるさんは五代目。

――今、酒造りが忙しいのですぐには結婚しないで婚約ということにした。

――もし結婚するなら正式に連絡するから、そのときまで待ってほしい。

――いいひとです。とりあえず幸せです。また報告します。

それだけ書いておくったのだが、母からは何度か電話がかかってきた。

もちろん電話には出なかった。

するとさすがにアラサーのまま一人でいるよりはいいのではないかということで認めてくれた。

(思ったより、結婚……て、大変なんだな。外掘り、内掘り……めんどくさいこと、多くてびっくりする)

でも新堂には両親も兄弟姉妹もいないので、そのへんだけが少し楽な気がする。

だけどどうして家族は誰もいないのだろう。

立ち入ったことをくわしく聞くのも好きじゃないし、むこうが口にしないことをあえて訊く気はないけれど、そのことがちょっとだけ引っかかっていた。


「あ……桜、咲きそう」

外の桜の木のつぼみが膨らみはじめている。

いつの間にか二十日近くが過ぎ、思ったよりも早く沙耶の足のギプスが取れた。

まだ松葉杖は必要だけど、かなり楽になった。ひざから下が少し痩せたような気がする。

これまでかかとのあたりをぐるっと巻いていたものがなくなったので、ちょっと足がスカスカとしておちつかないのだが、すぐに慣れるだろう。残念なのは、すぐに足は元の太さにもどることだ。

それでもギプスがとれ、動きやすくなったのがうれしかった。

歩けるってありがたい。

「さて、今日から吟ちゃんの散歩はわたしが担当ね」

今までは新堂が早朝に行っていたが、これからは交代制にすることにした。夕方は、お隣の純正さんのところに連れて行き、久遠寺の境内で遊ばせるらしい。

「待ってください。おれも一緒に行きます」

吟太郎に首輪をつけていると、奥から新堂がやってきた。

「仕事は?」

「朝は、一緒に行きましょう。六時から七時の間は大丈夫です」

八田さんが本当に二人が結婚するのかどうか、いぶかしんでいる気配があるので、婚約者らしく見せるため仕事に支障がないかぎり、二人で吟太郎の散歩に行くことにした。

新堂が吟太郎のリードをもつ。沙耶は足のギプスが取れたばかりなので、まだ松葉杖をつかないとうまくは歩けない。

こうして散歩をしているおかげで筋力がついて、いい感じに治っているように思う。

「足、平気ですか?」

「うん、かなり良くなった」

「そう、よかったです」

会話はいつも味気ない。

契約結婚の婚約者なのだからしかたないけど、色っぽい雰囲気はゼロだ。

ワンワン、ワオーン。

散歩が楽しいのか、吟太郎がはしゃいでいる。

「吟、元気だな。楽しいか？」

吟太郎に話しかけるときは、敬語ではない。吟太郎とソラくんにだけはタメ口をきいている。それに吟太郎を見るときのとろけそうな顔。ソラくんにたいしても優しい顔をする。人間相手とはまるで違う。

基本的に、彼は酒造り以外、まったく興味がない根っからの職人男のようだ。

(なんだろう……仕事以外執着がないって感じ)

映画もテレビ番組もゲームも漫画もよくわかっていない。おしゃれも興味なし。音楽も聞かない。

家のなかにも酒造りのもの以外なにもない。ガランとしている。

(ご両親の写真とか……荷物もない。彼以外の家族の痕跡が一つも)

その話題は新堂から話すまでは口にしないと決めている。

けれどやはり気になる。なぜ一人なのか——。

「今朝は北野天満宮コースでいいですか」

「わあい、楽しみ」

吟太郎の散歩コース、新堂は何種類か用意しているらしい。

今日、彼が行くといっている北野天満宮コースは、細い路地を西北に通りぬけ、学問の神さままで知られている北野天満宮の鳥居の前まで行き、花街の一つ上七軒のあたりを抜けて帰ってくる道のり。

所要時間四十分ほどだ。

朝はたっぷりと時間をかけて散歩に行くけれど、夕方は、細い道をまっすぐ北上するだけの晴明神社コースにしているらしい。

他にも東側にむかって、いろんな細い道を抜けて京都御所まで歩いていき、ぐるっとまわって帰ってくるコース。

南側にむかえば、二条城や神泉苑の前を通りぬけるコースがある。

まだ桜の季節の前なので京の街も人が少ないように感じる。けれど桜が開花するにつれ、もっと観光客が多くなるだろう。

北野天満宮——通称天神さんの前まできて、その傍らの道を通ってから帰ることにしている。ちょうどその神社から少し北西にいったところに、以前、沙耶が契約社員として働いていた工房と不動産会社がある。

まだ三週間ほどしか経っていないのに、ずいぶん前のことのように思えてくる。

(ついこの前まで必死になって通勤していたのがウソみたい)

沙耶は苦笑した。

住んでいた町家からは徒歩二十分ほどの距離だったが、朝八時半に出社しなくてはいけなくて、今ごろの時間帯はあわてて出かける支度をしていたように思う。

時々、犬の散歩をしている人とすれ違って、いいなーと思うことが多かった。それを今、自分が経験しているのがうれしい。

朝の心地いい空気がお社から流れてくる。

うっそうと天高く生えている木々のおかげなのか、空気はとても澄んでいて、風もみずみずしい。緑をふくんだ空気を吸いこむと、それだけで体内が綺麗に浄化されていくようだ。

通りの西側は北野天満宮と境内を取りかこむ豊かな木立がある。

東側は住宅地になっている。昔ながらの建物が多く、ななめになっている通りが花街の上七軒だ。

「あら、天舞酒造さんとこの若旦《わかだん》さんやないぉ？」

突然、色っぽい京言葉が聞こえ、ふりむくと、艶かしい和服姿のご婦人が笑顔で立っていた。すると他にも女性が駆けよってくる。

「すぐるさん、おはようさん。今日もええ男やねえ」

新堂は女性にモテる。とにかくモテる。

こうして散歩をしていると、いろんな人からあいさつされる。それだけではなく、ちらちらと見ていく人も多い。

「おはようさん、天舞酒造さん。ほんまに綺麗な顔して。あんたの顔が見たくて、ここ散歩してくれんの、待ってたんえ」

「吟太郎くん、若旦那さんにほんまになついて。幸せやねえ」

さすが花街。まだ朝早い時間帯だというのに、ぞくぞくと現れた婀娜《あだ》っぽい女性から声をかけられていく。

彼女たちの目には沙耶は入っていないようだ。ただのお付きのようにしか見られていないのか。

ふんわりとしたやわらかな、それでいて色気のある京言葉の女性が次々とあいさつしては通りすぎていく。

「あら、すぐるちゃん、おはようさん。あんたの顔を見ると、百歳まで長生きできそうやわ」

なかには、八十くらいのおばあちゃんまで。それでも花街のひとらしい、しゃんと着物を着て、しっかりとした口調で話をされている。

「すみません、酒を納品させてもらっているお得意さまが多くて」

ひととおりあいさつを終えると、新堂がもうしわけなさそうに言う。

「お得意さまなら、次に会ったときは、ちゃんと結婚相手だと紹介してくれないと。わたし、失礼なひとと思われちゃう」

わたしにとってもお得意さまになるのだから……というつもりで言った沙耶だったが、

新堂は、しまったという顔で返した。

「そうでしたね。忘れてました、そのこと」

忘れていただと？

「あのね」

「なかなか慣れないですね、こういうの」

「新堂さんから言ったんでしょ。ちゃんと演じてくれないと」

「わかりました。では明日からは、このコースはやめましょう。知りあいが多くて、あいさつに時間がとられてしまいますし、いちいち紹介していたら、作業場にもどれなくなってしまう」

「そうだけど」

「明日からは、もっとクールに、商売と関係ないコースにします」

なにか気まずいことでもあるのだろうか。

（まあ、ちょっとくらい色っぽい事実があっても、わたしはただの契約嫁なんだから関係ないんだけど）

造り酒屋も花街とのつきあいは大事だ。

西陣織の小さな織元をしていた沙耶の父の家も、上七軒とのつきあいは切っても切れないものだったと聞いたことがある。

着物の帯を買ってもらう代わりに、客として足を運ぶ。

持ちつ持たれつの関係だったのだと。

昔の西陣の織物業界では、そうしたところでご贔屓を持つのも織元のつとめというような空気があったそうだ。

でも、新堂はそうした遊び人とは違う気がする。職人一筋といった感じなので。

だからちょっと気まずそうにしているのが意外だったのだ。

「あいさつする相手が多いのは困りものだけど、わたし、この周辺はけっこう好きだな、雰囲気いいから」

「そうですね」

「夜は綺麗だろうなあ、あの灯籠に火が灯ると神秘的で」

「はい」

今も芸舞妓さんたちが華やかに夜の街を彩っている、京都の北の花街。

祇園や先斗町《ぽんとちょう》ほど有名ではないけれど、京都のなかでは、西陣の職人さんたちがご贔屓にしていた花街として名高い。

最近は花街として観光客の間にも浸透し、季節ごとにステージも披露されている。

その歌舞練場がちょうど散歩コースの道沿いにある。のれんがしまわれ、板戸が閉じられたお茶屋さんたち。

夜の街特有の、朝の閑散とした空気を肌に感じる。

「花街といえば、お母さんの店にやってくる地元の人のなかに、土佐の玉水新地《たまみずしんち》出身のおばあさんがいたんだけど」

「玉水？」

「あ、高知の花街。映画の舞台にもなったことがあるところ。その街で芸者さんをしていたおばあさんが常連さんだったの」

「そこ、今もあるんですか？」

「少し。でも新しい住宅やマンションも建っていて、街の雰囲気はずいぶん変わったみたい」

　沙耶は立ち止まって、上七軒通りをぐるっと見まわした。

「どうしたんですか？」

「話しているうちに、急に故郷がなつかしくなって」

「似てますか？」

「ううん、全然。芸妓さんを見ていたらその元芸者さんを思い出して。引退後は三味線の教室をひらいていたんだけど、夜、仕事が終わったあと、よく母の店にごはんを食べにきてた。綺麗で、かっこいいおばあさんで、ごはんのあと、母とよく一緒に飲んでた」

「ああ、そういえば、お母さん、呑み助でしたね」

「そう、二人でよく飲んでたんだけど。いつも元気になりたいとき、一緒に飲むんだって言ってた」

「元気になりたいとき？」

「そのおばあさんの家、近くに古い『しあん橋』という、文字が消えかかった橋があって……悩んだり迷ったりすると、わざとそこを通って、よーし、行くぞ、迷わないぞと自分をはげましてから、うちにきて一杯、飲んでたみたい。これで癒される、明日もがんばるって、二人でよく言って……とっても楽しそうだった」

「へえ、いいですね。お母さんもそのおばあさんも」

片眉をあげ、新堂が口の端をあげて微笑する。

お酒の話にだけは興味があるらしい。朝陽が照らし、さらさらとした黒髪がいつもより茶色く見えて若く見える。年齢的に新堂さんも平成生まれだと思うけど、おちついた雰囲気がある。

「なんか急にそのことを思い出してなつかしくなったの」

「この街のせいで？」

「うん、それもあるけど……おいしいお酒がくれる勇気みたいなものをちょっと思い出したのよね。新堂さんのところの柚子の甘酒を飲んだときの気持ち。仕事も住む場所もなくなって、死にそうなほど落ちこんでいて、この先、どうしていいか、不安しかなかったんだけど……」

そうだ、あのとき、本当にどうしようもないどん底にいた。

「でもね、あの柚子の甘酒を飲んだ瞬間、たった一杯だけで急に元気になって心も身体も癒されて……。びっくりしたの、たった一杯の甘酒に人を幸せにする力があることに」

「幸せにする力？」

「単純かもしれないけど、あの甘酒のおいしさとあたたかさに背中を押され、がんばろう、前に進もうという勇気をもらった気がしたのよね。それって、あのおばあさんやうちの母が笑顔で飲んでいたときと同じようなものなのかな……と、今、急に思い出して」

「……」

返事をせず、新堂がじっと沙耶の横顔を見つめる。

「あ、ごめん、わたしの話ばかりして。新堂さんもなんかある？　例えばこのあたりの思い出とか」

「いえ……特になにも」

シンと一瞬しらっとした空気が二人の間に流れる。完全に話がとぎれ、たがいに沈黙をどうしていいかわからず、とまどいながら相手の出方をちらちらと見ていると、いきなり吟太郎が歩きはじめた。

「おいっ、ひっぱるなって、吟っ！」

新堂が困ったような声をあげると、いたずらっ子のように吟太郎が尻尾を大きく振る。

（そうか、助けてくれたんだ）

子はかすがいというけれど、ペットもかすがいだ。

「ははは、ごめんね、なんか自分の話ばかりして」

笑いながら、沙耶は彼らに続いた。

「あ、いや、それでいいです。おもしろいです、遠野さんの話」

「ほんとに？」

「はい」

新堂がうなずく。

「いいから、いろんな話をしてください。おれは……酒以外、たいした話題もないし、道端では酒の話はしたくないし。それに吟太郎も楽しそうです」

と言うと、吟太郎がしっぽをフリフリする。とってもかわいい。足がよくなったら、ソラくんも抱っこしてみんなで散歩がしたい。

「それなら、まあ、遠慮せずに思ったことを口にするけど」

「はい、そうしてください」

「その前に、遠野さんというのと、敬語……やめにしたら？」

「……っ」

ちょっと困ったような顔をされ、自分たちが呼びあっているところを想像してみた。たしかに自分も「すぐるさん」とすぐに呼ぶのは恥ずかしい。

「あ、じゃあ、まあそのままでいいか」

「はい、いきなりはむずかしいです」

「新堂さんて、お隣の純正和尚にも敬語だもんね」

「はい、幼いときからのくせです」

「……じゃあさ、それって……」

ご家族にもそうだった？　と訊きかけ、沙耶は口をつぐんだ。これは訊いちゃいけない。新堂さんが言うまでは。

「はい？」

顔をのぞかれ、沙耶は首を左右にふった。

「あ、ううん、なんでもない。……それにしてもあたたかくなってきたね、吟ちゃん、散歩が楽しそう」

吟太郎は自分の話題だとわかったのか、いきなりふりむいて、二人に笑ったような顔をむけながら尻尾をフリフリする。

かわいい。めちゃくちゃかわいい。ほんとにペットはかすがいだ。その様子を見る新堂さんの表情もふだんよりずっと生き生きとしている。

酒の話のときはきらきら。犬の前では笑顔。

でも人間の前では……？

4　花を咲かすには……

一日ごとに陽射しは春らしくなり、桜が咲くまであと少しだ。

桜の季節になったら、久遠寺の境内でその名も「花祭」というお祭りが行われるらしい。

「天舞酒造」からは、この前のあらばしりの樽酒を用意する予定だ。

そして昼間は、ノンアルコールの桜花甘酒という、オリジナルの甘酒を配って春を祝うらしい。

「――じゃあ、作業場に行きますね」

いつものように朝の散歩が終わると、新堂はそのまま奥の酒蔵へとむかう。

その後、朝ごはんも新堂が作ってくれる。

ふっくらとした白ごはん、ひろうす、卵焼き、白菜の浅漬け、それから人参と大根とごぼうの入った根菜のお味噌汁が今日のメニューのようだ。

手ぎわよく、パパッと作ってくれるのがありがたい。

その間、沙耶は玄関の掃除をする。

路地裏というほどではないけれど、堀川通から二筋西側にはいった一方通行の細い道。

淡い春の陽射しが心地いい。そろそろ桜の枝がピンクになりはじめた。あと少しで蕾がひらくだろう。

日々、比叡山の山並みのあたりがあかるくなってくる。

会社で働いていたときは通勤に必死で京都の春というのを満喫する余裕はなかったけれど、こうしているとじっくりと季節を感じることができて楽しい。

桜にはまだ早いけれど梅が咲き、早春の沈丁花《じんちょうげ》の甘い香りが京の街のあちこちからただよってくる。

路地を掃き清めていた老婦人から、あかるい声をかけられる。この通りの反対側の曲がり角にある団子屋さんの奥さんだ。

和菓子屋ではなく、いわゆる街のお団子屋さん。夫婦二人で、季節のお菓子を作っている。

もうすぐお彼岸なので、おはぎを頼むことになっていた。

「おはようさん、天舞酒造の若奥さん、陽射しもポカポカしてきてもうそろそろ春らしゅうなってきましたなあ」

「おはようございます」

笑顔であいさつするのも慣れてきた。

一応、今は店番と掃除をしている。足が治ったら、本格的に店舗を綺麗にしたいので、そのデザインも研究中だ。

結局、沙耶のスーツケースは見つからなかった。

なので着替えがまったくないのだが、久遠寺の紫子おばあさんが洗える普段着用の和服をたくさん分けてくれたので今のところなんとかなっている。

今日は紅梅のような色のウール着物に白い割烹着。働きやすくていい。紫子さんから着付けを教わっているところだ。

戸口の引き戸とガラス戸の掃除を終えたころ、ギィィと軋んだ音を立てて引き戸がひらく。

「天舞酒造さん、これ、あまりもんやけど、よかったら」

次に現れたのは、裏の通りにあるお豆腐屋さんの奥さん。ビニール袋に入ったひろうすとおからの揚げパンをおすそ分けしてくれる。

「わあ、ありがとうございます」

笑顔でうけとっていると、後ろから新堂が現れ、酒粕の入った袋を豆腐屋の奥さんに手わたす。

「奥さん、どうもおおきに。うちもつまらないものですけど、どうぞ」

「まあ、酒粕やん、おおきにどうも」

この贈答のやりとりが沙耶にはまだうまく対応できない。

ちょっとしたものを渡されたら、「ありがとう、うれしいー」だけではダメで、ちょっとしたものを即座に返さないといけないのだ。

なかなか奥が深いと思う。

沙耶の地元では、素直にもらって、次に会ったときにおいしかったといえばそれでいい感じだったが。

「ここにある酒粕って、こうしてお礼に渡していいの？」

「いいですよ。そっちの甘酒も」

「売り物なのに？」

「でもあっちからも売り物をいただいていますから」

「あ、なるほど」

この店では、酒粕と柚子の甘酒ミニボトルも売っている。

酒粕は、いろんな用途があるらしい。

近所のパン屋さんではここの酒粕を使って酒粕クッキーを作って販売している。これが濃厚で美味しいのだ。

それから甘酒は、ノンアルコールなので、久遠寺以外でも、お祭りやちょっとした学校の行事で使われるらしい。

来月は、ここの商品の一つ「桜の甘酒」というのを用意して久遠寺の花祭にお供えすることになっている。

「すごいね。お酒って単に飲むだけじゃなくて、他にもいろんな活用方法があるんだ」

「そうですね。発酵食品のブームで、需要があるみたいで、あちこちから欲しいって言われています」

「そういえば、酵素が摂れるとか免疫があがるとか言われてたっけ。サプリも見たことがあるし、美白の化粧品なんかも見かけたことがある」

　酒粕は日本酒のもろみを圧搾したあとに残る固形物だ。

「欲しがっているひとも多いんですが、うちみたいな小さな造り酒屋だと、商品開発までは余裕がなくて。それに……酒以外のものまで造りたいわけでもないですし。本業の酒造りですら、ギリギリなのに」

　うん、それはたしかにそのとおりだ。

「でも、酒粕、栄養価が高いのよね？　調べたら、炭水化物、タンパク質、脂質の他に、ビタミン、酵母、アミノ酸が含まれてるって」

「そうです」

「この酒粕、わたしが好きに使っても平気なの？」

「いいですよ。特に売ったりしていないので」

　なんともったいない。うちの母が見つけたら、そのまま料理に使ってしまうだろうなと思う。

「そうか。だから新堂さんの作る料理、酒粕の豆乳汁とか、豚汁とかが多いんだ。おいしい秘密もわかった」

「そうです、搾りたてをそのまま使っているので」

「じゃあ、昨日の夕飯のお肉も？」

「はい、酒粕に豚肉を半日から一日つけておくと、味がしみてコクが出てきておいしいんです」

うん、昨夜の豚肉はすごく香ばしくてコクがあった。

噛んだ瞬間に、じゅわっと風味が出てきて、とてもジューシーなのに歯ごたえもあって、あといい感じで焦げていて最高だった。その前の酒粕入りのハンバーグもとろとろさと風味が絶妙で感動した。

「料理は完全に新堂さんに負けるけど、スイーツならいけるかな。お菓子作ってもいい？」

「ええ、いいですよ」

くすっと新堂が笑う。

「でも、まだ足も本調子ではないですし、無理しなくてもいいですよ」

「どうせならもっといろいろやりたいなあと思って。こんなにたくさん酒粕があるのに使わないのはもったいないじゃない」

「まあ、それはそれで好きにすればいいですけど」

「じゃあ酒粕のお菓子作りに挑戦する。それで試飲にきたお客さんに試食してもらうの。わたし、これでも一応飲食店をする資格もあるし、法的にも問題ないと思う」

「え……お料理、苦手じゃなかったのですか？」

「苦手だけど、実家が定食屋だから……一応、形だけ」

といっても調理師の免許ではなく、食品衛生責任者と防火管理者の資格である。それがあれば飲食店をひらくことができるのだ。

ここで飲食店をひらくというわけではないけれど。

でも食べ物を出すのなら、そういう資格があるほうが相手に信頼されそうでいい気がする。

「あーあ、早くここも綺麗にしたいな」

新堂が作業場にもどったあと、沙耶は酒粕を袋につめながら、ぐるっと建物を見わたした。

翌日から、早速、沙耶は店舗の掃除をはじめた。

入り口に面した場所は、このお店の顔だから、一刻も早く綺麗にしたい。

そんな思いで建具をはずして、掃除をしはじめた。

髪を頭のてっぺんでお団子にし、店にあった小さな三角巾をマスク代わりにし、ジャージの上に割烹着を着て、さらに長靴を履いて建具を洗っていると、紫子さんが現れて大笑いした。

「あらあら、沙耶ちゃん、いけませんよ、天舞酒造の看板女将なのに」

「看板女将って」

「もうちょっと身の回りに気をつかわないと。せっかくのべっぴんさんやのに、台無しにして。なによりあなたはここの顔なのよ」

あらあら、こんなことになってと残念そうに沙耶の毛先をひっぱる。

「でも、べっぴんさんなんて言われたことありませんよ」

「あら、まあ。それは残念なこと。沙耶ちゃん、自分で気づいてないだけで、かなりの美人さんよ」

紫子さんの言葉に、沙耶がキョトンとしていると、純正和尚が作務衣姿でふらっと現れた。

「へえ、自分で気づいてないんや、もったいない」

「そうかな」

沙耶が首をかしげていると新堂が現れ、しみじみとこちらの姿を見て残念そうに肩を落とす。

「たしかにその姿はない……悲惨です」

「そやろ」

「そうかな？」

「お客さんにびっくりされてしまいます」

「でも早くお店を綺麗にしたくて。だって、ここ、どんどん綺麗になっていくからやりがいがあって」

沙耶は雑巾でゴシゴシと板戸を拭き続けていた。黒い木の板戸。磨けば磨くほどつややかになっていく姿に、この建物の歴史を感じる。

「この傷も素敵。古さのいいエッセンスになってる」

小さな傷を指差して沙耶が言うと、新堂が首にかけていたタオルで自分もマスクのように口を覆う。

「わかりました。掃除はおれも手伝います。今、ちょうど手が空いたので。さっさと済ませましょう。ちょうどいい、純正さんも手伝ってください」

「えっ、ぼくも？」

純正がギョッとした顔をする。

「いいから、手伝ってあげなさい。どうせ、あんた、今日はなんもないんだし」

紫子さんがばしっと扇子で孫の背を叩く。

「はいはい、わかりましたよ」

腕をまくり、純正が雑巾に手を伸ばす。

「じゃあ、みんなが働いている間に、わたし、沙耶ちゃんに似合いそうな着物、見つくろってくるわ」

紫子さんが姿を消したあと、せっせと三人で掃除をしていると、奥で仕事を終えた職人さんたちも店の掃除を手伝いはじめてくれた。

ただただカウンターと陳列台が置かれただけの簡素な店舗だったが、大人数で掃除をすると一気に整っていく。

すべての建具を外すと、意外に広いことがわかる。

外から入りやすいように玄関のガラス戸を念入りに整とんして、格子窓のすき間から店の中が見えるように内側をあかるくしている。

のれんも清潔感ただよう白い新しいものにして、玄関の前に台を置いてここでお酒が売られているのだとわかるように鮮やかな色のボトルを並べる。

「すごい、見違えるようになったね」

「はい、ありがとうございます」

「あ、あっちの建物もここから行き来できるのね」

沙耶はちらっと南側の壁を見た。店舗の隣にあるデッドスペースとでもいうのか、普段自転車置き場にしているところは、ちょうど新堂が売ろうとしていたスペースだった。

竹垣のような壁に囲まれている。

「わあ、この竹、すごい」

この店舗の横の住宅用スペースは今は使われていない。

母屋には和室がいくつかあって、その一番奥の床の間のある部屋を沙耶が使っていて、二階の和室は新堂が使っている。

店舗の横の住宅用スペースは、かつては住みこみの職人さんや見習いが住んでいた住居らしく、今は本当にただの埃まみれの物置と化している。

新堂はこっち側の住宅用スペースの土地を売って、リノベーションの資金にしたかったようだ。

たしかにもうひとは住んでいないし、横幅六メートル、縦は二十メートルほどある土地だし、古家付きという形にはなるけれど京都のなかでもなかなかのいい土地ということになる。

「この竹、よかったんじゃないかな、売らなくて、こんなに雰囲気があるんだからお店の外観もよくなるよ」

「竹は使いこむほど美しいと言われています。ここの竹は好きです」

「それなのに……どうしてここを？」

「お金が欲しかったからです」

さらっと新堂が答える。

「お店、そんなに大変なの？　なら、わたし、お給金いらないよ」

沙耶は周りの目がないところでそっと新堂に言った。

「そのレベルのお金じゃないです」

「どのくらいいるの？」

問いかけると、新堂はすっと視線をずらした。

「関係ないことです」

ぴしゃっとはねつけるように言い放たれ、沙耶はおしだまった。有無を言わさないような、はっきりとした拒絶。

（……関係ない……か）

いきなり、ドンとつきはなされた気がして、泣きそうになった。

そんなふうに言われてしまうと、一瞬にして、この家での自分の居場所がなくなってしまったような不安感に足元がぐらつく。

「わかった、ごめん」

「いえ」

新堂は沙耶に背をむけた。そこからも完全に入りこめない空気を感じる。

「もうなにも訊かないね」

精一杯、あかるく言うと、沙耶は店を出て奥の縁側に行き、すやすやと眠っているソラくんの背を撫でた。

平和な顔で幸せそうに眠っている。この子に触れていると癒される。

（大好きソラくん……わたしにはソラくんがいればいいんだから）

ぽと……と、ソラくんのふわふわの毛に、ひとしずく、涙が落ちていく。

泣くほどのことじゃないのに。

「……っ」

沙耶は息を止めてぎゅっと唇を噛みしめ、それ以上、涙が出てきそうになるのをこらえた。こんなことで泣きたくないし、泣くような関係でもない。

そうだ、わたしは、ただ契約花嫁として雇用されているだけ。本当はなんにも関係ないのだ、この家とは。

花嫁という役割を職務としているだけの存在。ただの共犯者だ。

自分にそう言い聞かせる。

それでも共犯者は共犯者なりにいろんな秘密を共有して、この契約結婚という取引を最高にうまくやりとげようと思っていた。

そこにはおたがいの信頼関係がある。そう信じていた。

(でも……)

新堂はそうじゃなかった。

ちょっとしたことでも、言いたくないことにたいして「関係ない」という一言でピシャリとこちらをはねのけてしまえるのだ。

もちろん言いたくないことは言わなくていい。無理に言って欲しいわけではない。

『おれを好きでも嫌いでもないひと』

契約結婚の条件をならべていたとき、新堂はそう言った。

わたしは、あのひとを好きにも嫌いにもなっちゃいけないんだ。それはつまり感情は必要ないということだ。

あのときは、そういう乾いた関係ならやっていけそうと思った。

でも今は違う。

それ……淋しくない？

「沙耶ちゃん、来週、テレビで取材されるのに、それでいいの？」

お隣の久遠寺の花祭まであと数日というある日、紫子さんが沙耶の姿を見てハッとした。

久遠寺内にある茶室で、茶道と書道を終え、花道のお稽古をしている最中のことである。

「え……テレビって」

「うちのところの花祭、有名なの。それで京都のローカルニュースやけど、当日、取材されることになっていて。桜の甘酒も紹介することになって」

白い小手鞠《こでまり》、濃い紫ピンクのデンファレを活けることになっている。

「紹介……？」

「ついでに天舞酒造さんの新しいお嫁さんとしてカメラに映されると思うわ。新米の女将さんの第一歩みたいな感じで」

「そそそ……そんな」

「沙耶ちゃん、髪の毛、毛先だけでも切ったほうがよくない？」

小手鞠をそっと剣山にさし、紫子さんがにっこりほほえむ。

「わあ、そうだ。どうしよう、なんの手入れもしていないですね、わたし」

花器の水に映っている姿でさえ、髪の毛のボサボサが目立つ。

「当日は、ちゃんとお化粧しなあかんねえ。天舞酒造さんの看板になるんやから。このお花と同じ。綺麗にして、さわやかにして、ああ、ええお店やなあと思ってもらわんとあかんなあ」

デンファレの形をととのえながら紫子さんがちらっと沙耶を見る。

「はい……そうですね」

そのとおりだ。お店も綺麗に掃除をしたのだから、自分もちゃんとしないと。

「知りあいの美容師さん、紹介してあげるわ。この真裏の美容室。明日か明後日にでも、予約いれてあげる」

「ありがとうございます。それは助かります」

沙耶は微笑し、小手鞠を剣山にさした。

「沙耶ちゃん、その小手鞠、もっとふわっと活けられない？」

「ふわっと……ですか？」

「そう、雪のように、桜隠しのような感じで。あ、桜隠しとは、花の上を雪が覆う感じのことね」

桜隠し……綺麗な言葉だ。

教えられたまま小手鞠の枝にゆっくりカーブをつけていく。それでもやっぱりふわっとした感じにはならない。

「むずかしいですね」

「もう少し、枝のカーブを作るときに力を入れられない？」

「なんか折れそうで怖くて」

「そうやね、万事、ひかえめにとはいうけど、ちょっと沙耶ちゃんのお花はひかえめすぎるかな」

「そうですね、あまりうまくいかないですね」

「花はそのひとのお人柄が出るからね」

「人柄……ですか」

沙耶は自分の活けた花を見つめた。

ぶっきらぼうで、直線的で、やわらかさや優雅さがない花だ。

「なんの味もない感じですね。わたし、ガサツだから」

苦笑いする沙耶の姿をじっと見つめ、紫子さんは自分の花の根元をととのえながらボソッと言う。

「ガサツだから、そんなお花になるんと違うよ……。それはなあ、あんた、素直で、白黒はっきりして、前向きで……でもほんまはちょっと淋しい子やから……お花も淋しい活け方になるんよ」

「え……」

淋しい活け方？　沙耶は自分の花をまっすぐ見た。

どの花も同じような感じで、ストンと剣山の上に挿されている感じ。これを淋しい活け方というのだろうか。

「そこに感情が入ってへんから」

「わたしの感情が……ないってことですか？」

「そうや、感情を押し殺している人間の活け方や」

「……！」

紫子さんはなつかしむように沙耶を見たあと、息をついた。

「わかるわ。わたしも同じやから。お父さんが戦争で亡くなって、長女で、妹がいて……あんたみたいな感じやったからねえ」

「紫子さん……」

「上手に自己主張できないのよねえ。人にものをたのむのも苦手。前向きにふるまっているのも……ほんまは強がり。弱音を口にすることができないのよねえ」

沙耶は視線を落とした。

「ついつい、自分を殺して、ええかっこしてしまうねんなあ。ちゃんとして、ひとに迷惑をかけないようにして……。それで好きな相手からは、いいひとあつかいされて……しまいには、きみはぼくがいなくても一人で生きていけるねなんて言われて」

「それ……なんで知ってるんですか」

思わず顔を上げた沙耶に、紫子さんはくすくす笑う。

「やっぱり？」

「あ……」

「わたしもそうやったんよ。自分の気持ちを上手に言えなくてね。つい本心を隠してしまって……それで大事なものも失ったことがある」

「恋人ですか？」

「そうやねえ、その手前やったかな。そやからわかる。沙耶ちゃん、前向きなことばかり言って、ただ笑ってるだけやったら、すぐるくんに、気持ち、伝わらないよ。傷つくのを恐れていたら」

「――――っ！」

沙耶はびっくりしたような目で紫子さんを見た。

気持ちって……。

目をパチクリさせていると、ふっと紫子さんは視線を花器に落とした。

「気づいてないのかな、自分の気持ち」

紫子さんは、その名の通り、紫色の小紋の襟元を整えると、優雅に微笑し、くるっと自分の花器を沙耶のほうに見せた。

完成した綺麗な生け花。そのとおりに活けろということだろう。

「少しやわらかさを入れて整えて、それからふんわりと空間を作って……心と同じように」

心にやわらかさと空間？

「まあ、そのへんは、すぐるくんも同じやけどね。あんたら、ちょっと似たところがあるわ。それに気づいたら、関係も少し変わると思うよ」

「変わるって、わたしたちの関係ですか？」

すがるように見つめる沙耶に、紫子さんは少し意地悪く微笑する。

「そこから先は自分で考えなさい。このお花のように、ちゃんと自分の人生にきれいな花を咲かせられるように」


その翌日、紫子さんは沙耶の手をひっぱって、天舞酒造の真裏にある小さな美容室に向かった。

「さあさあ、今日は綺麗にしましょうね」

連れて行かれた先は、昔なつかしい美容室だった。

かつては舞妓さんや芸妓さんの髪結いどころだったらしい。ここは何度か吟太郎の散歩でとおったことはあるが、いつもシャッターがおりていたので、もうやっていないと思っていた。

「ここに、弥生《やよい》さんという美容師のお姉さんがいるから、今から髪の毛、切ってもらったらええわ。ついでにお化粧も」

「ありがとうございます」

美容室に行く途中、その手前にもレトロな写真館があった。

ここは散歩のとき、気づかなかったのだが、よく見れば、美容室とセットで卒業式や入学式、七五三の写真などを撮っているようだ。

「あれ、これって」

ふとショーケースに飾られている写真に目が留まった。モノクロの七五三の写真だ。新堂さんにそっくり。

「うわ、かわいい、これ、誰ですか？」

紫子さんに尋ねたそのとき、後ろにひとの気配を感じた。影がかかるような気がして、ハッとふりかえると、新堂と純正和尚が吟太郎の散歩をしていた。

「それ、おれ……です」

「ええっ」

「七五三のときの写真です。店主に、いいかげんやめてくれと頼んでいるんですが、いつまでもここに飾られていて」

「嘘ーっ、かわいすぎ」

古びた写真館のなかに飾られた新堂の子供のころの写真。あまりにかわいくてびっくりした。お人形さんのようだ。

「うらやましいなあ。ぼくには七五三なかったから」

　しみじみと呟くのは純正だ。

「どうしてないんですか」

「お寺の息子がお宮参りなんて変やん」

「あっ、そうか」

「ほんまに、昔のすぐるん、かわいかったなあ。綺麗なおべべ着て、市松人形《いちまさん》みたいやったわあ」

「やめてください。そういう言い方」

「ほんまに市松さんみたいやし、祇園祭のお稚児さんもできたのに」

「あれ、これは？」

　写真の隣にもう一人、新堂にそっくりの七五三の写真がある。でも彼ではない。

　昭和六十年代がどうのと書かれている。新堂よりもう少し年上のようだ。

　シンと静まる。紫子さんと純正が気まずそうに視線を合わせると、新堂がボソッと呟く。

「それ、兄です」

「え……」

　兄……お兄さんがいたの？

「十年前に……亡くなりました。もうだいぶ前のことです」

「あの……」

「また今度、話します。それより美容室の予約があるんですよね」

「あっ、そうだった」

「そうやね、早く行きましょう」

紫子さんに手をひっぱられて、美容室へ入っていく。

「弥生ちゃん、この子、昨日、電話で頼んだ沙耶ちゃん。天舞酒造の奥さん」

なかに入ると、三十代半ばくらいのすらっとした女性が立っていた。ショートカットの、背の高いさっぱりした雰囲気のお姉さん。

「わあ、髪、けっこう伸びているねえ。切ってええの？」

「はい」

店内に三つある椅子。その真ん中に座るように言われ、席に着くと、弥生さんは沙耶の肩にケープをかけた。

「うわあ、コシがあるええ髪してはるねえ」

「でも、癖があるんで」

「ふわふわしてかわいいよ。着物の髪を結うにしても、この髪の毛やったら、ペタンとならなくてええわ」

サバサバした感じのさわやかなひとだ。

「綺麗にしようね」

「ありがとうございます。あの、この店、いつもシャッターがおりていた気がするんですけど」

「そう、この店でカットするの、久しぶりや。今は四条烏丸《しじようからすま》のブライダルサロンで美容師してるの」

「ああ、そうなんですか」

四条烏丸といえば京都の街のど真ん中、一番栄えているあたりだ。

だからこれまで会わなかったのか。

「昨日と今日はたまたま休みで、こっちの店の整理にもどってきていたら、紫子さんから電話がかかってきて」

「ラッキーです。助かりました」

「それでヘアスタイルやけど、今みたいな感じのままにする？」

今みたいと言われても、伸びに伸びたまま、適当にお団子にしていたのでよくわからない状態である。

「どうする？　テレビに映るんやったら今風の方がええねえ？」

「任せます。わたしにいいなと思う髪型にしてください」

「わかった。ほんなら、沙耶ちゃんの顔の形にあった髪型にしよか」

「よろしくお願いします」

小さな鏡の前の席に座り、髪を梳かされ、毛先をカットされていく。

「髪の毛、ちょっと傷んでいるから、枝毛、切っておくね」

「はい」

パサッ、パサッと髪が落ちていく。

古い店内だ。天井も壁紙もカラフルで、昭和を感じさせる。

そのレトロなたたずまいがステキだけど、壁に飾られた時計の針が止まったままなのがちょっと侘しい。

昔は、舞妓さんたちも来ていたらしく、和風の髪型専門の美粧院だったようだ。壁に貼られた着物用の髪型の写真の数々。棚に無造作に置かれたかんざしやちりめんのリボン。それから鬢付け油……。

「あの……弥生さんは、ここで開業しようとは思わなかったんですか？」

「自分の店として？」

「はい」

鏡のなかで弥生さんはうーんと少し首をかしげたあと、笑顔で言った。

「思わなかったな」

「一度も？」

「ええ、一度も」

どうしてかな……と目で見ると、弥生さんは沙耶の髪を切りながら続けた。

「うちの家は、代々このあたりの髪結いやったんやけど、もう日本髪を結う人も少なくなってきたから、わたしは街中でやることにしたの。でもブライダルサロンやから、日本髪を結いたいと言うひともたまにいて、けっこう重宝されてるの」

「そうですか」

「すぐるくんの七五三のとき、ご家族の髪の毛や着付けをしたのもうちの美容室なんよ。わたしはまだ子供やったから、担当してないけど」

「そうか、弥生さん……少し年上ですよね」

「そう、亡くなったお兄さんの淳《あつし》くんと同級生……」

言いかけ、弥生さんはちょっと気まずそうな顔をした。

「あの……」

聞こうかと思ったが、やめた。

今度、話します——と本人が言ったのだから、新堂から直接聞こう。

「ちょっとゆるく巻く？」

「はい」

「じゃあ、巻いている間、せっかくだし、まつ毛も足して。お化粧もしてあげる。ちょっと席を替えて、こっちの化粧台に座って」

弥生さんにうながされ、別の席に座ったそのとき、カランと音を立てて店の扉が開いた。

「こんにちは」

その声に聞き覚えがあり、沙耶はハッとした。

「査定に来ました」

現れたのは、片山不動産の社員だった。知っている。営業の男性だ。背中を向けているので、むこうはここにいるのが沙耶だと気づいていない。

「ちょっと待っててね」

そう言われたものの思わず聞き耳を立ててしまう。

「これ、見積もりです。登記の詳細とか載ってますから確認してください」

営業社員が分厚い封筒を弥生さんに渡す。

「はい、わかりました」

「更地にするしかないので土地代だけになります。これだけ古いと古家付きの更地と言うことになるんですよ」

「は、はい、承知しています」

よその家の問題とはいえ、気になってしまう。

沙耶のことにはまったく気づいていないようで、ひそひそとではあるけれどここを売る話をしていた。

「多分、お隣も夏が終わったら……手放すことにならはると思いますよ」

営業社員はそう言って去っていく。

え……。

どういうこと？

「沙耶ちゃん、かんにんね、お待たせして」

「あ、いえいえ」

「聞こえてた?」

「ごめんなさい、聞いちゃいました」

「まあ、聞こえてもかまへんけど」

弥生さんは肩をすくめた。

「どうされるんですか?」

「片山不動産さん、昔からの古い老舗の不動産会社で、町家としてリノベーションしてくれるから安心していたんやけど……」

たしかに最近仕事の方向転換をしていた。

「お隣、売らへんよね？」

弥生さんがもどってきて、沙耶の顔に化粧をはじめる。目をつむったまま「はい、売りませんけど」とうなずく。

「そう、でもね、不動産会社のひとが言うには、マンション建設をしたいらしくて、この辺り一帯に五階建ての高級マンション建てるつもりみたい」

そうか。このあたりは場所的に最高だ。

なにが最高かというと、大文字の送り火を見るのに、絶好の場所なのだ。

まわりには三階以上の建物がない。

「なるほど、マンションか」

そのためにまずは新堂に土地を売らせようとしていたのか。

（もしかして……その計画をわたしがつぶしたの？）

色々と考えているうちに化粧が終わり、もう一度席を移動して、髪を綺麗に整えてもらった。

「うわ、これ、わたし……ですか？」

鏡に映るかわいい女性は一体誰ですかーと言いたくなるほど自分とは思えない姿がそこにあった。

「弥生さん、ありがとうございます。そうだ、来月、試飲会するんですけど、いらっしゃいませんか？」

会計をしながら沙耶は話しかけた。

「あ、わたし……日本酒苦手なんよ。ごめんね、お酒は好きで、昼間からワインやリキュールは飲むんやけど、日本酒はちょっとね」

「ああ、わたしもそんな感じかも。甘酒とか果実酒のほうが口当たりが良くて」

「女子はそういう子多いよね」

「わかりました。また気が向いたらきてください。それから髪型、本当にありがとうございました。ようやく人間にもどった気がします」

「沙耶ちゃん……人間にって」

「それくらい綺麗になれたって感じで。すごくうれしいです。どうもありがとうございました」

沙耶はぺこりと頭を下げた。

「いえいえ、素材がいいから、沙耶ちゃん、いくらでもかわいくなるよ。すぐるくん、幸せやなあ」

「ははは、お世辞でもうれしいです」

京都人の言葉を素直に受けとってはいけないと言われてはいるものの、やはり褒められると悪い気はしない。

ああ、うれしいなあ、かわいいと言われるのはとてもうれしい。

と思いながら美容室を出た沙耶は、隣の写真館の写真を見て、ハッとした。

（ここにマンションを建てるのなら、この写真館も、その向こうの公園も無くなるわけよね）

久遠寺は日陰になってしまうし、幼稚園の園庭も暗くなってしまう。

よかった、新堂さんが土地を売らなくて。

でもここにその話で来ているということは、片山不動産は、マンション建設をあきらめていないということだ。

大丈夫かな。新堂さん、もう売ったりしないよね？

店にもどり、昨日、活けた花の水を変えていると、ちょうど昼休みになったので職人さんたちが次々と昼食をとりに店を出て行く。

「じゃあ、こちらでいただきます」

酒オタの秀才くんは、いつもお弁当を持ってきていて、沙耶が以前に座っていたあの公園でひなたぼっこをしながら食べることが多い。

三兄弟は、この近くに家があるので、みんなそれぞれ自宅にもどって食事をするらしい。

それから最後に作業場から出てきたのは八田さんだった。お孫さんのカオルさんと二人で、ご飯を食べに行くところのようだ。

「おやおや、お嬢ちゃん、今日はずいぶんべっぴんさんやねえ」

カオルさんが沙耶を見て、感心したように言う。

「坊ちゃんのところをやめて、おれのところに嫁に来る？」

「いやです」

「わしもいややや、こんな変な孫」

八田さんが沙耶を指差して言う。

「変なって失礼な」

「あんた、ほんまにすぐる坊ちゃんと結婚する気あるのか？」

「まだ信じてないの？」

沙耶はやれやれと肩で息をついた。毎日同じことを質問してくるのだ。

「坊ちゃんに嫁さんが来るなんて信じられへんからなあ」

「それ、失礼じゃない」

「いや、あいつには嫁なんてまだ早いんや」

八田さんが言うと、後ろにいたカオルさんがおかしそうにクスクス笑う。

「えっ、でも職人さんをもどす条件だって」

沙耶が不思議に思って問いかけると、カオルさんが八田さんの肩をポンポンと叩いておかしそうに笑った。

「まあ、じいちゃんからすれば、一人前になれって意味なんやろうけどな。嫁さんが来ても来なくても、いずれにしろ、この小さな蔵元はもう今後はやっていけへんような気がする」

今後はやっていけない？

「どうして」

すると八田さんがやんわりとした京言葉で答える。

「もう時代が違うやろ。あんたもなあ、そこそこかわいい顔してるんやし、こんなつぶれそうな古い店に嫁がんでも、もっと楽なところに行ったほうがええと思うよ」

足元にいる吟太郎を撫でながら、八田さんはしみじみと店内を見まわした。

「そういえば、八田のおじいちゃん、何歳になるの？　お孫さんがアラフォーということは」

「わしか？　わしはもうすぐ九十や」

「ええっ、信じられない。てっきり八十くらいかと」

沙耶の言葉に八田さんがギャハハと大声で笑う。たのしそうにカオルさんもニヤニヤと笑う。

「仕事してるから若く見えるんや。妻は他界した。子供は男の子ふたりいるけど、みんな、独立して、伏見の蔵元で働いている。孫のカオルだけここに手伝いにきてるけど。ひ孫はまだ高校生と中学生や。カオルのアホはまだ独身やけど」

「じいちゃん、アホはよけいや」

カオルさんが軽く祖父の肩をポンとたたく。

「アホはアホやろ。まあ、わしと一緒で健康やし、ええけど。わしも病気知らずの健康体や。医者は、ぜーんぶ、先にいなくなってしまったけど、わしはまだぴんぴんしてる」

「九十なのに、しゃんとしてるね。どうしたら長く健康でいられるの？」

「そら、働くことや」

「働くこと？」

「そうや。自分の仕事に誇りを持って、毎日毎日、同じように働く。これが一番健康でいられる、長生きの秘訣や」

「へええ」

沙耶は感心したように声をあげた。

「毎朝六時に起きて、ご飯作って食べて、健康のために歩いてここに通って、お酒のお世話をして、ご飯食べて、昼寝して、それからまたお酒のお世話をして、帰りに銭湯入って、ゆったりして、家帰ってから、晩酌して、ぐっすり寝る」

「それでいいの？」

「そうや、それでええんや。毎日、同じことができるのが幸せや。楽しい仕事、好きなお酒、おいしいご飯……こんな幸せな人生あらへん。わしは若いときから酒造ってきた。それしかあらへんし、それだけでええんや」

そのとき、すーっと何か透明な光のようなものが天井の明かりとりから八田さんを包んだような気がして沙耶は不思議な気持ちで彼を見た。

幸せな人生……。沙耶の年齢ではわかりにくいのだけど、たしかにそれはとても幸せな人生ではないかと思う。

（あ、今……一瞬……デジャブった。土佐でお母さんのお店によくやってきた芸者のおばあさんと）

いくつになっても三味線を弾いて、踊っていられたら幸せだと言っているおばあさんが母のお店によく顔を出していた。

それがあれば元気でいられる。

そんな話をちらっと耳にしたときは、まだ高校生くらいだった。

もっと楽しいこともあるんじゃないかな……と思って聞き流したのだけど、今、ふりかえると、その意味が少しだけわかる。

　あのおばあさんのことが忘れられないのは、そう言ったとき、きらきらとかがやいて見えたせいかもしれない。

　うっすらとではあったけれど、今、八田さんに感じたみたいな透明な光のようなものを見た気がする。

　長い時間を生きてきた人間だけが持つことのできる澄んだ空気。

　いろんなものを通りこしたからこそ漂わせることのできる透明感……とでもいうのかな。

　それに気づくと、ちょっとだけ胸があたたかくなる。そのひとの人生の一番いいところに触れられた気がして。

「それなら、わたしもここで毎日同じように働いたら、健康でいられるかもよ」

「ハハハ、それはちょっと違う」

「なんで？」

「そんなん決まってる、あんた、別にお酒造りが好きやないやろ？」

「え……」

　沙耶は目をパチクリさせた。

「見てたらわかる。ニセモノやろ、あんた」

「どういう意味？」

「あんた、別にすぐる坊ちゃんに惚れてる感じがせえへん。すぐる坊ちゃんもあんたに夢中になってるふうには見えへん。あんたよりワカちゃんといたときのほうがずっと自然やった」

ワカちゃん――――――？

初めて聞く名前だ。

「誰、そのワカちゃんて」

するとカオルさんがあわてた様子で八田さんの腕をひっぱった。

「昔、ここで働いていたひとや。もう辞めたんや。あんたが気にする相手と違う。さあ、じいちゃん、昼ごはん、食べに行こう。もう時間がなくなる」

「ええやないか、カオル。ほんまのこと、教えても」

「ほんまも何も、昔のことやろ」

「まあ、でもすぐる坊ちゃんは、あのときもシラッとしてたな。あの男は、結局、誰も好きになれへんのやろうな」

誰も好きになれない。

それはわかる気がする。そのワカちゃんという女性がどういうひとかはわからない。新堂の昔の彼女なのだろうか。

「でもな、それだけやないんや、あの男、本気になったら、ほんまははげしいと思うんや。酒に対するくらいに」

酒……。酒造りのときの顔を思いだした。お酒の話をするときの顔も。きらきらと輝いている顔。

「あのひとが、恋愛したら……あんな顔になるの？」

「あんな顔？」

「きらきらしてる。お酒の話をするときも」

「ああ、話をするときはきらきらしてる。でもほんまに新酒を造るときの顔は違う。獣のような目をしてる」

「……っ」

びっくりした。獣……というのはどんな目だろう。

「いつか見せてもらったらええわ。あいつが本気になったときの目を。それ以外は、ただの飄々とした優男や」

そう口にする八田さんの表情はとても幸せそうだ。目もどこか妖しくて沙耶の背筋はピリッと痺れた。

誰も知らない新堂さんの顔を、自分は知っている——と、妙にマウントを取られたような気がして少しムッとした。

（でも……わたしも……そんな印象を受けている。それに……そもそもひとを好きになるくらいなら、契約結婚なんて思いつかないはず）

それをいうなら自分も契約結婚に乗ったのだから同じかもしれないけど。

でも沙耶の場合は、あのとき、せっぱ詰まっていた。利害が一致したのでふみきったわけだけど。

「新堂さん……昔から飄々としてたの？」

「まあ、どちらかというと無口で、黙々と酒造りのことを考えてるような、変わった子供やったけど、兄さんが亡くなってからは余計に無口になったな」

「お兄さん……親代わりだったの？」

「そうや、あんた、嫁やのに、聞いてへんのか？」

「いえ、でもくわしくは……」

「ふうん、そうなんや。まあ、ひとまわり違う兄がいたんやけど、あいつが中学のときに両親が事故で亡くなって、それからはずっと親代わりやったんやけど……その兄も病気で亡くなって……それからまだちょっとしか経ってないからそんなにすぐに結婚なんてする気になるかなーと思って」

「まだちょっとって……ずいぶん昔だと聞いたけど」

「違う、最近や、十年くらい前かな」

「十年て……だいぶ前のことじゃない」

「いやいや、最近のことや。ついこの前のことや」

京の町では、前の戦争といえば太平洋戦争ではなく応仁の乱のことを指すと、冗談めかして言われている。それに比べればつい最近ではあるが。

「この町での十年前のことなんて、まだ昨日の出来事のようなもんや」

「それで十年前にご家族が亡くなられたのは……」

訊きかけ、沙耶は口をつぐんだ。

それを知ってどうなるのか。自分は期間限定の契約嫁だし。本人が口にしていないことを詮索するのは気が引けた。

「どうした？」

「いえ……」

何でもないですと沙耶は首を左右にふった。

「八田さん、ちょっと今度のもろみの件で……」

そのとき、ちょうど奥から新堂がやってきた。

「三人でおしゃべりしてたんですか？」

自分の話題とも知らず、さらっと尋ねてくる新堂に八田さんは笑顔で言った。

「すぐる坊ちゃん、この嫁さん、だいぶマシになってきたな」

「そうですか？」

「この前の大阪の子よりはずっとずっとええわ。この子のほうが地味やけど、まあ、悪くはないわ。今までで一番マシやな」

「それはおおきに」

新堂がにっこりと笑う。これは作り笑いの顔だ。

でもちょっとホッとした。

大阪の子というのは、この前、新堂を叩いていたあのかわいい女性のことだろう。沙耶よりもずっとはなやかな雰囲気の女性ではあった。

ちょうど格子窓から射す光が綺麗な新堂の面差しに縦縞の影を刻んでいる。

黒々とした切れ長の、それでいてくっきりとした眸《ひとみ》。

くせのないさらっとした黒髪、ふだんは無表情に近い顔。

ずっと酒蔵にいるせいか、色は白く、ほっそりとしている。でも酒造りで鍛えているので、そこそこ筋力はあるみたいだ。

「その前の滋賀の子も、気がキツイだけでパッとせんかったなあ。あの子、めちゃくちゃキツかったわ」

「それはすみません、かんにんしました」

滋賀の子？　そのひとのことは知らない。どんなひとなのだろう。

「名古屋の子もあかんかったなあ。あれは食べ物が全然あかんかったわ。味噌の味が濃すぎた」

「ああ、そうでしたね」

名古屋の女性もいたのか。一体、何人いたのだろう。ちらっと怪しむような目で沙耶が見ると、カオルさんが呆れたように笑う。

「まあまあ、気にせんと。どうせみんな嘘のお嫁さん候補や。あんたと同じで」

「えっ」

やっぱり知られている。と驚いたけれど、新堂は八田さんたちに言いわけをするでもなく、淡々とした顔で仕事の話を切りだした。

「八田さん、それより、機械、止まってましたよ。早くもどって動かしてください。それから花祭の甘酒の件ですけど、カオルさん、麹の仕入れも頼みます」

「よし、任しとき。ほな、もどろうか」

「あ……昼ごはん、食べそこねた」

「それなら、わたし、サンドイッチでも買ってくる」

「おう、頼んだで。一時間したら休憩にくるし、そのときまでに」

三人が作業場にむかうのを見おくったあと、沙耶はパン屋さんにむかった。

この前、純正和尚がくれたビフカツサンドがとてもおいしかったので、そこに行こうと思って。

外に出ると、朝よりも桜の蕾が大きくなっていた。

「いや、奇遇やな」

パン屋にむかおうとしていると、ちょうど純正和尚が現れた。

「沙耶ちゃん、あらら、きれいになって。やっぱり美人さんや」

「ありがとう」

「ところで、どう、ここでの生活、慣れた？」

どこかの法要の帰りらしく、パリッとした法衣を身につけている。手には数珠。そしてもう一方の手には、またビフカツサンド。

「はい、これ、差し入れ。職人さんたちの分もあるし、みんなで分けて」

「えっ、助かる。ちょうど職人さんにと思ってたの」

「さすが、御仏の導きやな。なんや、急にビフカツサンドが大量に必要な気がして」

「すごい。あ、じゃあ、お返しを」

酒粕を用意しようとしたが、純正に断られる。

「ぼくにはお返しはいらないから」

「どうして」

「必要ない。すぐるんとぼくの間には、お返しが必要なことはない。なんも気にせんでええ距離感や」

「どういう距離なの？」

「ぼくとすぐるんは生まれたときからずっとお隣どうし。いまさら、遠慮はいらないってことや」

「……」

むずかしい。遠慮がいらない仲といわれても。

「兄弟みたいなもんかな」

それなら、このひとに新堂のお兄さんのことを訊いてみようか。どんなひとだったのか。

(ううん、やっぱりダメだ。そういうことは本人から聞かないと)

吟太郎のふわふわとした首元に首輪を付け直しながら、沙耶は自分にそう言い聞かせた。

「あ、来週のうちの寺での花祭やけど、沙耶ちゃん、手伝ってくれるやろ？」

「もちろん。甘酒を配るんでしょ？」

「そうや、よかった。紫子おばあさんだけだと心配だから」

「そんなことはわたしがやるよ」

「ああ、そうや、酒粕のお菓子があったらうれしいなあ」

「酒粕のお菓子？」

「うん、昔はね、ここの店の職人の奥さんたちが集まって、酒粕で作ったクッキーやパウンドケーキを配ってはったんや」

「お菓子、配ってもいいの？」

「欲しい人にだけ。そのとき、一緒に酒粕も販売してはった」

「ああ、試食してもらって……」

「酒粕がたくさんあるんやったらやってくれはってもええよ」

「わかった。縁日みたいで楽しそう」

「そうやね、ぼくが子供のころは八田さんの奥さんがよくお菓子作ってはって評判良かったな。あ、そういえば、さっき、八田さんと話をしてはるの、外から見えたけど、気に入られたみたいやね」

「ええっ、あのおじいちゃんに？」

「気に入らなかったら、喋らないからな、八田さん」

と言って、純正はなにか思いだしたようにハッとした。

「そうそう、花祭の甘酒の請求書、八田さんからもらって、数字、まちがっていたから、沙耶ちゃん、書き直して」

純正に伝票を見せられ、沙耶は小首をかしげた。

たしかに、ゼロが三つ多い。

「こんな高い甘酒……どこのドンペリや……とつっこみたくなったわ」

「ほんとだ。でもわたしが書き直していいのかな」

「そんなことわからへん。まあ、どうせ八田さんが走り書きしたもんやし、沙耶ちゃんがちゃちゃっと書き直してくれたらええんやけど」

「そういうわけには……。これ、あずかって、新堂さんに訊いてから書き直して届けに行くほうが」

「しっかりしてるなあ。この前の大阪の子、その場でちゃちゃっと直してはったよ」

「ええっ。でもお店のものだし」

「まあ、そうやけど。このへんは地域的になあなあで済ませることも多いし」

「そういうの苦手。ちゃんとしないと」

沙耶は請求書をあずかり、なくさないように店の伝票入れにしまった。

「じゃあ、沙耶ちゃんが経理もさせてもらったらええわ」

「経理か。わたしにできるかな」

「すぐるんはそのへんのこと、自分よりベテランの八田さんに任せてはるけど、失敗多いし、一回、頼んでみはったら？」

「でも、お金のことは心配だなあ」

「八田さんがやるよりましやろ。すぐるんも、どんぶり勘定やし」

「それなら一回相談してみる」

「あんたやったら大丈夫やろう。前の前の子は、お金、ちょろまかしてたけど」

「ちょろまかすって……ごまかしてたの？」

「けっこう勝手に使ってたみたい」

「それ、犯罪じゃない。そのひともお嫁さん候補だったとか？」

「ああ、その子はバイト。その前の名古屋の子もバイト。店番のバイトを募集する時があって。すぐるん、イケメンやし、表面的には京都人的マイルドな雰囲気で、めちゃくちゃ優しそうやから、バイトを募集したら応募が殺到するんやけど」

「優しそう？」

「そう見えへん？」

純正が片眉をあげる。

「たしかに顔つきは優しそうだけど、わたしは初めてみたとき、イケズそうだなと……」

沙耶の言葉に、純正がケラケラと笑う。

「あんた、ええわー。なかなかええ感じや。すぐるんが気に入ったのもわかるわかる。なかなかええわ」

「なんで?」

「ほんまのことしか口にせえへんからな。そのとおりや。あいつ、あれでなかなかめんどくさい京男子やからなあ」

「京男子といえば、純正和尚もそうじゃない?

「ぼくはめんどくさない京男子。あいつとは全然違うねん」

ニコニコと笑って言われても違いがわからない。

「どう区別すれば」

「ええのええの、わからへんで。それでこそ沙耶ちゃんやから」

褒められているのかけなされているのか。

「まあ、とにかく会計は沙耶ちゃんがやったほうがええわ。あんた、しっかりしてるし、ちょうどええと思うよ」


その夜、請求書の数字の話をすると、新堂はクスクスと笑っていた。

「ダメですね、この数字。八田さんにはこういうのはもう頼まないでおきましょう」

怒るでもなく笑っているのが不思議だ。請求書の紙を見たら、他にも何件か、すごい金額の伝票を切っていた。

「このお隣への伝票は、ひどいものですね」

「どこのドンペリの値段やって、純正和尚、言ってたよ」

「でもうちの甘酒は、ドンペリよりおいしいですから、八田さん的には、このくらいの金額やと真剣に思って書いた可能性もあります」

「うそ、本当に？」

「多分」

「それ、まずくない？」

「まずいですよ。多分、他にもトラブル出ていると思います」

そう言いながらも、新堂はちっとも深刻そうにしていない。それが不思議だ。お金のことなのに。

「まずいよ、新堂さん。なんでそんなに平気な顔してるの？」

「平気じゃないですよ。何件、謝ることになるかなーってちょっと計算して、大変だなと心のなかで焦っています」

指で、一件、二件と計算している。でも顔はどことなく笑っているし、やはり深刻には考えていなそうだ。

「あっ、そんなに多くないですね。甘酒の注文が来たのは六件くらいです。あとで謝りの電話を入れておきます」

「それで済むの？」

「さあ、どうでしょう。とりあえず経理は明日から遠野さんがしてください。印鑑、わたしておきますので」

「ちょっと待って。いいの？　そんなあっさりと信頼して」

「ダメなんですか、信頼しては」

逆に聞き返され、沙耶は首を左右にふった。お金を着服したバイトと同じあつかいをされたら困る。

「それなら気にせずやってください。うちもキャッシュレスには一応対応しているので、そんなにややこしくないと思いますから。数字、得意だと言ってましたよね？」

「わかった、やってみる」

笑顔で言った沙耶を、新堂は不思議そうに目を細めて見た。

「え……なに？」

「いえ、違うひとみたいだと思って」

「わたしが？」

もしかして、髪型を変えたから、綺麗になったと言いたい？　化粧をしているから美しいと言いたい？

そう思ったのに、新堂から出てきた言葉は予想外だった。

「仙台のこけしみたいですね」

「……っ」

はあ——!?

思いきり、すっ転びそうになった。

「今日、遠野さんが美容室から帰ってから、ずっと宮城県の酒のことばかり頭に出てきて……『荒城の月』まで頭に流れて」

「それって……あの、学校の音楽の教科書に載っている、はるこうろうの花の宴……という歌？　たしか滝廉太郎《たきれんたろう》の……」

なぜわたしが『荒城の月』なのだ。

「その歌詞、めぐる盃、影さして……と続くのですが、作詞家の土井晩翠《どいばんすい》が仙台出身で、彼の大好きな純米吟醸酒があって、一度、飲みに行ったんですが……その店にこけしがあって」

「それで……わたしが？」

「ええ、今日の遠野さんを見ていると、ずっと頭のなかにその音楽が流れて、その酒の味が出てきて……でもわかりました、あのときのあれに似ているから」

あっけらかんと言う新堂を、一発、殴ってやりたい衝動が湧いてきた。

この男、殴りたい。一発なんて生ぬるい。三、四発、続けざまに殴って、蹴っ飛ばしてやりたい。あの大阪の彼女の気持ちが痛いほどよくわかる。こういうやつなのだ、女心などなにもわからないやつ。

なにが女将殺しの若杜氏だ。全然、殺すほどのことなんてないじゃないかと内心で悪態をついていると、きょとんとした顔で問いかけてきた。

「どうしたんですか、変な顔をして」

変な顔もなにも、全部、あんたのせいでしょう。と言うのもめんどくさくて、沙耶は苦笑いした。

「別に。わたしも飲みに行きたいなと思って」

沙耶はごまかすように笑った。

ダメだな、紫子さんの言うとおりだ。自分の素直な気持ちを伝えるのが下手。いい人ぶってしまう。

「いいですよ、じゃあ、おちついたら夏にでも行きますか?」

「え、ほんとに?」

契約結婚なのに? 偽物の夫婦なのに?

「東北酒蔵めぐりツアー。いい酒処が多いんです、あっちは。上越や北陸もいいし、山陰もいいけど、まずは東北ですね」

なんだ……そっちか。酒オタらしい発想だ。でもちょっとうれしかった。関係ないと言われるよりは、そのほうがずっといい。

「わかった、東北案内してね。そのためにも、お金貯めないとねー。そのときは吟ちゃんもソラくんも一緒に行くんだよ」

近くにいた吟太郎をぎゅっと抱きしめ、沙耶はそのひたいにキスをした。

本心を口にするのはむずかしい。弱音を口にするのも苦手だ。

前向きなことばかり口にして、笑顔でいるほうがずっと楽でいられる。

信頼されて、お店のハンコを渡されて、一緒に旅行もいこうかという話まで出てきている。

でも本当の奥さんじゃない。

同じ目的、利害関係一致の契約結婚――。

だんだんいろんなことが苦しくなってきているのはわかっている。

それでもやっぱりわたしは前しか向けないのかな。


翌日から沙耶が店の会計を担当することになった。

店といっても、今はまだ一番大事な新酒ができていない。

なので、そんなにする仕事はないのだけど、桜の甘酒の伝票だけでもちゃんと切っておいたほうがいいだろう。

伝票を見ていると、八田さんやバイトの人が担当する前、数年ほど「和嘉子《わかこ》」という綺麗な名前の女性がここで経理をしているのがわかった。

（和嘉子……か。まさかこのひとがワカちゃん？）

十年前から五年前まで、経理はこの女性が担当している。

社員名簿のようなものがないかちょっとのぞいてみようかと思ったが、店内は雑然としていてよくわからない。

足が治るまでは模様替えもリノベーションも無理なので、今はただただスケッチブックにどういう内装にしたらいいのかを描くことしかできない。

「買い物……行きますか」

経理の計算を終えたころ、新堂が声をかけてきた。

吟太郎の夕方の散歩兼夕飯の買い出しである。スーパーではなく近所の商店街をぐるっとまわるだけなので吟太郎を連れていても問題はない。

「夜、なんにします?」

「今日はちょっと寒いからあたたかいものがいいかな」

「じゃあ、そうしましょう」

まだ片方だけ松葉杖をついているのもあって、買い物に行くときはいつも二人で並んでいく。ついでにこのあたりのことを教えてもらいながら。

「仲がよろしいですなあ、いつも一緒にいはって」

お店で買い物をすると必ずそんなふうに言われる。声をかけられるたび、二人でにっこり笑って会釈する。

「すぐるちゃん、こんなええ子見つけてよかったねえ。福々しい感じで商売繁盛するやろうな」

「ほんまに。犬と一緒に風景に溶けこんでるくらいなじんではるやん。みんな平和な感じで。ほんまによかったよかった、末長くお幸せに」

　そんなふうに声をかけてくるひともいる。みんながとても祝福してくれているようで、契約結婚だと頭のなかでわかっていても、なんとなくうれしくなってくる。

　でも返事に気をつかってしまう。だましているのがもうしわけないというのもあるが、自分が本当にちゃんとうまくやれるのかどうかも不安になって。

「大丈夫かな、わたし、嫌われるような感じ、ないよね？」

「どうしてそんな心配をするんですか。遠野さんを嫌うひとは……あまりいないと思いますけど」

「でも、わりと余計なひとことを言っちゃうタイプだし、細かな気遣いも苦手だし、ご近所さんに会うと一番緊張する」

「この前は、職人さんたち……とくにカオルさんに会うと一番緊張すると言ってませんでしたか？」

「ああ、カオルさんね。うん、あのひと、いつも余裕な感じがするから……すごく緊張する。おじいちゃんの八田さんは……そうでもないんだけどね。言いたいこと言ってくるから、こっちも返しやすいし。ただ昨日言うことと今日言うことも違うし、嫌われているのか嫌われていないのかよくわからない感じ」

「ああ、それ、遠野さん、からかわれてるんですよ」

「……？」

「おもしろがられてるんですよ。どんな反応するか、どんな性格なのか知りたくてというのもあると思いますが、あのひと、昔からそういうところがあって。気に入った相手をそうやってかまうんです。あ、でも本気で言ってるときもあるので何とも言えませんが」

「なに、それ、理解不可能……。本気とからかわれてるの、どう見分ければいいの？」

「いいですよ、そのままで。わからないほうが遠野さんらしくて」

「困る、教えてくれないと。ここで暮らしていくのに」

「いいじゃないですか、どうせ半年の契約なんですし」

半年――――。

その言葉に、あっ、そうだった、これは契約結婚で、半年だけのことなのだと改めて自分に言い聞かせる。

契約ってなんだろう。どこまで踏みこんでいいのか、どこまで心を入りこませたらいいのか。

「そうそう、短い間だからどうでもいいか」

買い出しを終え、ソラくんを抱っこしながら沙耶はボソリと呟く。

「まあ、平和そうといえば平和そうな顔してるけど。福々しいって褒め言葉じゃないのかな」

ソラくんもそうだし、吟太郎もそうだし。

「商売繁盛なら、それでいいよね」

ひとりごとを呟いたとき、新堂がやってきた。

「いいんじゃないですか。言葉通りに受けとれば」

「でもその言葉の奥が知りたい」

「一生知らなくていいですよ」

「どうせ半年だから？」

「いや、ずっと京都にいたとしても、遠野さんはそのままがいいです。知らないままのほうが遠野さんらしくて」

「それも裏がありそう」

「そうですか？」

意外そうに新堂が片眉をあげる。

「でも、本当にどれをどう解釈していいかわからない」

言葉をストレートに受けとるのでどうしようもない。

「いいですよ、わかんなくて。そのほうが楽だし」

「え……」

どういう意味だろうと思って見あげると、新堂が小さく笑う。

「遠野さんといると楽だから。裏を読む必要がなくて……」

さらっと言われ、へえ、そうなんだとあいづちをうつ。

「だから……かもしれません。契約結婚、お願いしたの」

一緒にいると楽というのは自分も同じだ。イケズだともイヤミだとも感じない。けれどあまりにさらっと言われたのと、それをそのまま受け取っていいのかどうかわからなくて思わず沙耶は視線をずらした。

「もういいよ、純正和尚に訊くから」

ありがとう、わたしもそのほうが助かる——とは言わず、なんでこんなことを口にしているんだろう。

変だ、いつもは思ったことをそのまま口にしているのに。

「むりですよ。彼こそ、ウザい京男子の代表、イヤミとイケズ大王さまみたいなもんですから」

「それは新堂さんのことだと、あっちはあっちで言ってたよ」

「それはないです。おれはずっとマイルドなほうです。それよりこれ、試飲してみませんか。今年の桜の甘酒ができたんです」

一旦、新堂は奥に行き、ボトルや紙コップをトレーに載せてもどってきた。

「あ……さっきから、いい匂いがすると思ったら」

「新商品です。昨年からリニューアルしたものです」

「わあ、ちょうだい」

クスッと笑って、新堂は紙コップに入れた甘酒二つを差しだしてきた。

桜色の二種類の甘酒だった。

「どっちが去年ので、どっちが今年のか言わないので」

「試飲していいの？」

「点数つけてください。これでオーケーかどうか」

「わたしが点数つけていいの？」

「あ、大丈夫です、ただの参考程度ですから」

ただの参考程度……イケズだ。

「まあ、いいわ。新作が飲めるのはうれしい。昨年のと味比べしたらいいんでしょ。いただきまーす」

ノンアルコールの甘酒。そういえば、ここにくるきっかけは、柚子の甘酒がとってもおいしかったからだ。

桜の甘酒はどうだろう。

早咲きの桜を煮詰めたものが入っているらしいが。

コップを近づけていくと、ほんのりとした桜の香りがする。

上にはほんのりと塩漬けされた桜の花びらが一枚。そしてその下には乳白色のコクのある甘酒。

「……っ」

ひとくち飲んでみる。ふわっと口内に桜の香りが広がっていく。春の桜並木に包まれているような感じだ。

仄かな塩味のむこうから、クリーミーで濃厚な甘酒のほどよい喉越し。アルコールがないけれど、風味だけは残っていてとてもいい。

二つめは、これよりももう少し曖昧な味だった。

いや、おいしいといえばおいしい。そうだ、甘酒自体はそう変わらないおいしさに思える。ただ桜の塩漬けとの相性が微妙な感じ。

どこがどうというわけではないけれど、先に飲んだほうがあまりにおいしかったので、ちょっと味気なく感じられてしまうのかもしれない。

要はバランスの問題だ。

と、正直に伝えた。

「遠野さんが先に飲んだほうが今年のもの。あとのが昨年のもの。じゃあ、今年のほうがおいしく感じられたんですね」

「うん、おいしかった。あ、でもどっちもおいしかったけど、今年の甘酒のほうが好みに思えた」

「おれも同じです。どっちもおいしかったけど今年の桜の甘酒のほうがよりおいしい……」

「よかった、じゃあ、わたしの味覚、まちがってなかったんだ」

「はい、遠野さんの存在がヒントになったので」

「え……」

新堂は、今年のものだという桜の甘酒をもう一杯飲ませてくれた。

「この甘みと塩味のコントラスト……この前の話を参考にしたんです」

「この前のって？」

「ちょっと前、北野天満宮の近く……上七軒を歩いていたとき、言ってたじゃないですか。あのときの遠野さんの話に……ハッとひらめくものがあって」

「わたしの話に？」

「死にそうなほどのどん底にいたのに、柚子の甘酒を飲んだら幸せになったって。その言葉に、塩と甘みの究極のコントラストがいけるかもしれないと、急に思いついたんです」

「ええええっ、そうなんだ」

びっくりした。そんなところからでもひらめくのか。

「反対に進化させたものを組みあわせてみようって」

「はあ……そうなんだ」

あのとき、無表情でぼーっとしているように見えたのに、そんなことを思いついていたとは。別の意味で奥が深い。

「そうだ、今夜、花見……しますか？」

「え……」

「穴場があるんです。ひとがあまり行かない名所。ヒントをくれたお礼に夜食作って花見をプレゼントします」

新堂がそんな気の利いたことをするなんて――と驚きながらも、つい嬉しくて「わあ、楽しみ」と素直に笑顔で言った。


ふわっと風が桜の花びらを運んでくる。

お隣の久遠寺の桜はまだ蕾だったけれど、新堂が連れて来てくれた場所は満開の桜が咲き競う、小さな神社の境内だった。高台にあるので京の街が一望できる。

「わあ、初めて見た、京都の夜景……」

しかし、沙耶はどう感想を言えばいいのかわからず口ごもった。「きれいー」とか「うれしいー」「素敵ー」と感嘆するには、どうにも淋しくて儚げな夜景なのだ。

テレビや写真で見る「美しい都会の夜景」とはかなり違う。

京都市はそこそこの都会だけど、三方向を山にかこまれた上に高い建物が建てられない規制があるせいか、圧倒的な闇の底にひっそりと街が包まれているような印象を受ける。

しかも街をまっすぐ縦断している鴨川の部分も闇に溶け、よけいに暗い。

「どうしました？　不思議そうにながめて」

「あ、うん、ちょっと意外で。もう少しきらきらきらきらしているかなと思ってたけど、建物や車からもれる光……なんだか小さな線香花火のよう。でもそれもとても綺麗。静かで、おごそかで……淋しいんだけど、優しい淋しさっていうのかな」

「そうなんです、京都の夜景はそうなんですよね。だから時々、酒造りのことで壁にぶつかったら、ここにきて、ぼんやり夜の街を見下ろすんです。そうしたら純米酒のように、すーっと心が透明になって」

ああ、このひと、なにもかもお酒につながるんだと、沙耶は内心でクスッと笑った。

「それにこっち、見あげてください」

新堂は沙耶の手をつかみ、ベンチの前まで行くと、上空を見あげた。釣られて視線を上げると、ぱあっと満開の桜が二人をおおっている。

「うわあ、すごいっ」

「まわりの闇が深ければ深いほど、花明かりがより尊く感じられませんか？」

「ほんとだ。すごい……泣けてくるぐらい綺麗」

この花のあかるさ、美しさに胸が詰まる。心も身体も浄化されそうなまばゆさだ。

「ええ。ここで食べるごはんは格別です。さあ、どうぞ座って」

夜風に乗り、花びらが一枚、沙耶のほおに流れ落ちてくる。ベンチに座り、新堂はそこに紙袋の中身を取り出した。

おいしそうなライスサンドイッチの数々。とろとろのチーズと酒粕を混ぜてイベリコ豚のひき肉に合わせたハンバーグのサンドイッチだ。

ローズマリーを添え、間にシャキシャキのレタスと薄切りのトマトときゅうりを挟んでいる。ライスはオーブンで焼いたのかまだあたたかい。

「いただきます」

パクっと噛み締めると、じゅわっとチーズとひき肉と酒粕の混ざり合った風味と香ばしさが口のなかで溶けていく。

濃厚でクリーミーな食感を歯ごたえのあるレタスが程よく緩和してくれる。

お米のおいしさも濃厚にとろけて旨味を感じられる。外はカリカリとしているのに、内側はふんわりもちもちしていた。

「なに……これ……新堂さん、天才」

「おいしいですか？」

顔をのぞきこんでくる。

「めちゃくちゃおいしい。これ、一生食べられる」

「それはよかったです」

同じようにライスサンドイッチをほおばりながら、沙耶の前にグラスを置いて、とくとくとなにか注いでくれる。

「おれは車の運転がありますから。遠野さんだけ飲んで」

「すごい、これも、新堂さんが造ったの？」

「そう、こっちは柚子のにごり酒蜂蜜入り」

「うわっ、おいしい」

グラスが冷えていて、絶妙のおいしさ。濁り部分と柚子の苦味と蜂蜜の甘さとがうまく溶け合って最高の飲み心地。

「柚子のお酒……最高じゃない」

「前に好きだって言ってましたよね？」

「うん、あのときの柚子の甘酒、おいしかった」

「生酒ができたら、今度はにごり酒じゃなくて純米酒をご馳走します」

「それ、いつごろできるの？」

「一番の自信作は祇園祭のころです」

祇園祭。七月だ。京都の夏は祇園祭からはじまると言われている。

そして夏が終わったら契約結婚をどうするか決めなければ。そんなことを考えながら桜を見あげていると、新堂が肩にもたれかかってきた。

「どうしたの？」

「あ……うん、少し寝ていいですか？」

「え……」

「なんか……遠野さんて……一緒にいると楽で……眠くなってきました。安心できる枕のようです」

枕……まあ、いいけど。沙耶は苦笑した。

「こうしていると……偽物じゃないみたいですね」

新堂の言葉に、沙耶はふっと笑った。

「新堂さん、アルコール飲んでないのに……酔ってる？」

「かもしれません……ちょっと宵寝します。五分したら起こしてください」

宵？　もう深夜だよ、と思いながら、肩にもたれかかってくる新堂の長いまつ毛をじっと見つめる。

桜もあかるくて美しくてとても綺麗だけど、このひとの寝顔も綺麗だ。

さらりとした黒髪のすきまから見える形のいいまぶた。すっとした鼻筋、清涼感に満ちた口元には、ひとひらだけ、桜の花びらが落ちている。

期間限定で婚約している。結婚という形をとるかどうするかは、この夏の酒次第。でももう少しこのひとといたいなと思うようになってきている。

——楽なんです、遠野さんといると。

そう言われたとき、胸の奥がきゅんとした。

今もそうだ。

——遠野さんて……一緒にいると楽で……

その言葉を思いだすだけでおもしろいほどきゅんきゅんして、自分にしてはめずらしく本当のことが口にできない。

——わたしも楽だよ。

——偽物じゃないみたいですね。

——ほんとだね。

どうしてそう言えなかったのだろう。

言いたかったのに、急に言えなくなった。そんなことこれまで一度もなかったのに。どうしてだろう。

（……一緒にいると、楽だなと思う気持ちと……そうじゃないようなざわざわした気持ちがある）

不思議な感情が胸のなかで揺れ、どうにも落ち着かない。

なんでだろう。身体の奥のほうが騒がしい。

それの正体がわからなくて気持ちを静かにしようと沙耶は新堂から視線をずらして桜を見あげた。

天をおおうような桜の大木。圧倒されそうなほどのあかるさと美しさと静けさ。でもここには他に誰もいない。新堂と自分だけ。ソラくんと吟太郎は二人の足元で眠っている。

新堂は沙耶の肩を枕にして眠っている。彼から柚子の匂いがしてくる。きっとこれを造っていたときの匂いだ。

「……」

おいしい。もう一度、にごり酒を口にする。

柚子の風味がふわっと口のなかで広がっていく。

濃醇という感じのコクとまろやかさ。花冷えの季節はこうしたコクのあるもののほうが心地いい。

甘くてジュースのような味わいで、それでいてほんのりとほろ酔い気分になれる柔らかな喉越しのお酒だ。

(……不思議だな。新堂さんて、杜氏さんなのに呑み助じゃないし……こうしたやさしい喉越しのお酒を造るのが上手なのよね)

初めて飲んだ柚子の甘酒もそうだった。桜の甘酒もそうだし、この柚子のにごり酒もそう。料理用にと残してある酒粕もそうだ。

(……たくさん酔うような感じではなくて、なめらかに、ほんのりと夢心地にさせてくれるアルコールの量……本当に天才だ)

そんなふうに思いながらにごり酒を味わい、一人で静かに花見をする。

こういうのもいいなと思った。

空気はひんやりと冷たい。でももたれかかっている新堂があたたかいので寒くはない。

満開の壮絶なまでに美しい桜が花明かりとなって、自分たちだけをここに封じ込めているかのような気がしてくる。

不思議だな。つい一カ月前までこんな時間を自分が京都で過ごすことになるなんて考えもしなかった。

このままずっとこうしているのは無理なのかな。偽物のままでも、友情をはぐくんだりとかありえないかな。

——友情か。

やっぱり無理だな。わたしが無理だ。わたしの気持ちが持たない。

半年、この夏までで、約束通り、終えたほうがいい気がしてくる。

(東北旅行で……終わりかな。成田離婚みたいな感じで、旅行して、気が合わないので結婚やめましたーというのがちょうどいいかも)

沙耶は自分も新堂にもたれかかってうっすらと目を閉じた。

あたたかい。優しい。そして心地いい。でも少し淋しい。そんな気持ちになりながら。

5　桜の甘酒とチーズケーキ

この世界のなかで、満開の桜ほど美しい風景はないと思う。

そして心を切なくさせるものも。

「――明日はいよいよ花祭か」

夕暮れ、店を閉める時間になり、外に出ると、お隣の久遠寺に植えられた桜がパッと目に飛びこむ。

観光地の桜も綺麗だけど、京都の街にはふとした商店街や住宅街、学校の敷地にもいたるところに桜があって、夜になっても花明かりで街全体がふんわりとあかるい霞に包まれている気がする。

「沙耶さん、今から、甘酒、運びますね」

奥の作業場から三兄弟が現れ、カートに載せたプラスチックケースを大量に運んでいく。

明日、花祭でくばる予定のものだ。積みあげられた桜の甘酒を詰めたプラスチックケースの数々。こうしてながめると壮観だ。

ふんふんと感心して沙耶が笑顔で見ていると、八田さんが不機嫌に話しかけてきた。

「甘酒なんて邪道や。お菓子のような酒なんて」

「そう？」

「そんなもので浮かれてんと、ここの嫁をするんやったら、花祭より、月末の試飲会に力を入れなあかんぞ」

試飲会――――。

そうだ、お得意さま――といっても、ごくごく身内のような常連の料亭やお茶屋さんを呼んで、四月の蔵出出荷予定の新酒の試飲会を行うことになっている。

「試飲会……か。緊張する」

明日はテレビカメラが入るということで緊張していたけれど、沙耶にとって大切なのは試飲会のほうだ。

初めてここの「嫁」「女将」としての力が試されるような大切な行事だ。だとすれば、明日はその予行演習のようなものだろうか。

「そうかー。試飲会なんて初めてだし、どこか他の造り酒屋さんに、女将というのはどういうことをするのか……勉強に行ったほうがいいかな」

「いや、沙耶ちゃん、べつに無理せんでええよ」

声をかけてきたのはカオルさんだった。

「じいちゃんも、新人の女将さんに余計なプレッシャーをかけてどうするんや」

孫にたしなめられ、八田さんが口を尖らせる。

「ええやろ、ほんまのことや」

「じいちゃん、最初から完璧は無理や。……沙耶ちゃん、四月の試飲会は、十人くらいのお客さんしかこないし、ふつうに相手の顔と名前をおぼえて愛想よくしてたらええから」

「でも大事なお客さんでしょ？」

「そうはいっても、長年の常連さんばかりやし、大丈夫や。酒の味さえ、ちゃんとしてたら。今年はええ酒ができてるし、みんな、喜ぶと思う」

安心させようとしているカオルさんの横で、八田さんは不満たらたらだ。

「まあ、そやけど、久々の春の試飲会やし、新しい女将がきたんやし、みんな、注目してる。失敗は許されへんのや。ええな、一番綺麗な着物をきて、綺麗な髪型して、笑顔でしゃんしゃん動くんやで。名前がおぼえられへんかっても、焦ったらあかん。笑顔、笑顔でいくんや」

八田さんが沙耶の背中をポンと叩く。

あれ、もしかして、ものすごく大事なアドバイスをしてくれてる？

「じいちゃん、また沙耶ちゃんにそんなことを……」

「このままやったら、この女、絶対にワカちゃんに負ける。みんながワカちゃんのほうがよかったと思ったら、元も子もないやろ」

ワカちゃん……またその名前。伝票にあった「和嘉子」さんのことだ。

「あの、これまでは……その、和嘉子さんという女性が試飲会も担当してたの？」

試しに「和嘉子」という名前を出してみた。

「ああ、ワカちゃんは、ここの事務をしていたからな」

やはり「和嘉子」さんがワカちゃんだ。

「そのひと、もう辞めたんですか？」

「そうや、二、三年前に。十年近く働いていたけど……親の介護があるとかで、丹波《たんば》の実家に帰ったみたいや」

介護で実家……。丹波ということは、京都市内よりも北側の京都府下だ。

「そうか、それなら仕方ないね。でも十年もいたんだ」

「そうやな、そこそこ長く働いていたな。まだ淳が社長やったころから働いていたな」

淳というのは新堂のお兄さんのことだ。もう亡くなってしまったひとで、親代わりのようだったという。

「あのころは、ここもにぎやかやったなあ。淳くんは、坊ちゃんと違ってひとなつこくて、愛想もよくて、いつも大勢に囲まれて、宵越しの金は持たないとか言って、遊んでばっかりで、友達も多くて、女の出入りも激しくて。まあ、坊ちゃんも女性にはモテるけど、淳くんは桁が違ったなあ」

カオルさんが腕を組み、思い出したように言うが、八田さんは機嫌が悪そうに首を左右に振った。

「淳はあかん、それで、結局、借金ばかり作って……。まあ、亡くなった相手のことはもうええ。辞めてしまった人間のこともどうでもええ。とりあえず、あんたは、嫁として試飲会でがんばるんや。ワカちゃんは綺麗やったけど、ちょっと病弱やったな。あんたは、あの子とは正反対で、あかるくて元気やから大丈夫やろう」

八田さんがポンポンと沙耶の肩を叩く。

「うん、わかった、がんばる」

綺麗で病弱……。どんなひとだったのだろう。

「明日は、じいちゃんはこないと思うけど、おれは手伝いに行くからよろしく」

「ありがとうございます、よろしくお願いします」

頭を下げ、手を振って見送っていると、隣にきた吟太郎も手の代わりに尻尾を振って見送る。

猫と犬と一緒に暮らしていると、違いがわかっておもしろい。

ソラくんには、こちらがお仕えしているようだけど、吟太郎はこっちに従おうとする。弟のようだ。

「さてさて、吟ちゃん、お店にもどろうか」

吟太郎と一緒に店舗にもどる。

まだちょっと足はひきずっているけれど、もう松葉杖なしで歩ける。高校生より治るのが早い、健康だね――と医師に言われた。

店に入ると、吟太郎がソラくんのそばにむかう。カウンターの内側にソラくん用のベンチと座布団を用意しているのだが、その隣が吟太郎のお気に入りらしく、最近、いつも寄りそうようにしている。

ソラくんもいつのまにか吟太郎になついていて、二匹ともとても安心しきった顔で過ごしている。たがいにくるっと丸まって背中と背中をくっつけ、一番安心した格好でそれぞれの体温を感じているのだ。

（この子たち、もう家族になっている……）

あまりに仲よさそうにしている姿に、ほほえましい気持ちと同時にほのぐらい罪悪感をおぼえて胸が痛む。

わたしはこの子たちをだましているのだ……と思って。

契約結婚って……罪深い。そんな気がしてきた。

じっと見ていると、視線に気づき、ソラくんがちらっと上目づかいで見てくる。沙耶はそれぞれの頭を撫でたあと、カウンターに向かった。

「わたしも明日の準備しないとね」

明日、花祭で桜の甘酒を配ることになっている。ノンアルコールのものだ。

花祭に参加する子供たちとご家族、それから境内にきてくれた人たち。その様子を少しだけテレビカメラが撮影する。

（いいのかな、契約嫁なのに……テレビに映ったりして）

ローカル放送とはいえ、公共の電波に乗って「天舞酒造」の奥さんとして紹介されるわけだから。

　でもそれ以上に心配なのは、試飲会のほうだ。

（わたしに務まるのかな、酒屋の女将さん……）

　そんなことを考えていると、ちょうど奥の作業場から秀才くんが出てきた。残ってなにか作業をしていたようだ。

「失礼します。明日、たのしみですね」

　秀才くんが甘酒のボトルを手に、笑顔で声をかけてくる。彼の笑顔、初めて見た。わ、ちょっとうれしい。

「お祭り、行くの？」

　秀才くんがコクリとうなずき、ポケットから小さな紙の束を見せてくれる。

「純正和尚が十回分の福引券をくれたので。一等がうちの酒なんです」

　福引券を用意しているとは。なかなかしっかりしている。景品に酒が入っている。この前のあらばしりだ。

　酒樽ではなく、一升瓶だけど。秀才くんは、これが狙いなのか。

「一等ならいいけど、二等以下でもいいの？」

　福引には五等まである。

　二等は、西陣にある有職料理のお店の高価な佃煮セット。

　三等は、純正和尚お気に入りのビフカツサンド三食分のクーポン。

四等は、弘法大師《こうぼうだいし》の生涯を描いた絵本。

五等は、曼荼羅《まんだら》のクリアファイル。

ハズレは、久遠寺名前入り筆ペン。

「二等と三等があたったときはいただきます。四等以下のときはお返しして……ハズレの、久遠寺さんの名前入り筆ペンだけいただいて帰ります」

それ、ちょっと失礼では……と思いながらも、内気な秀才くんがすっかりうち解けてくれていることに胸があかるくなる。

「じゃあ、また明日ね」

見送ったあと、ハッと気づくと、いつのまにか吟太郎の横に新堂が座って二匹の頭を撫でていた。

「秀才くん、失礼なことを言ってますね。弘法大師の絵本でも曼荼羅でも、当選したらラッキーなのに。でも、まあ……おれも当選してうれしいかと言われたら微妙ですけど」

「ほんとに失礼ね……と言いたいところだけど、大進歩じゃない？　人見知りな秀才くんがわたしに笑顔で話しかけてくれるようになったんだから」

ちょっと誇らしげに言った沙耶に、新堂は肩をすくめて苦笑する。

「そんなに自慢しなくても大丈夫です。遠野さんを前にしたら誰でも笑顔になりますよ」

「え……」

「おれが保証します。笑顔にならないひとはいませんよ」

　黒々とした綺麗な目と視線があい、急に胸の鼓動が騒がしくなってきた。困る、そんな目で見られたら落ちつかない。思わず視線をずらし、沙耶は照れを隠した。

「……ところでせっかくのご自慢に水をさすようですが……前に言っていた酒粕を使ったお菓子、なにか作れましたか？」

「……っ！」

　沙耶は顔を引きつらせた。作ろうとはしたのだが……やはり料理はそう得意ではなく、挑戦しては失敗をくり返した。どうすればおいしくて見た目も素敵なお菓子が作れるのか。

「ごめんなさい。わたし……何度も失敗して。自分が情けないわ、作れるなんて言ったりして」

「じゃあ、べつにおれが作ったものでもいいんですね。ちょっと待っていてください」

　新堂は奥に行くと、漆塗りのトレーに載せた桜色のチーズケーキを持ってきた。きれいにカットされて銘々皿に置かれていた。

「え……これ……ケーキ？」

「はい、試食してみてください。酒粕で作ったんです。明日、試食してもらって、レシピと一緒に酒粕をくばったらどうかと思って」

「わああ、さすが新堂さん。お料理上手。いただきまーす」

　沙耶はフォークでさしてほおばってみた。ふわっと酒粕の風味が漂い、続いてチーズの濃厚さと桜あんの甘さが口内で溶ける。それだけではない、ちょっとしたチーズの酸味もいいエッセンスになっている。

「なに、これ、おいしい。こんなの初めて食べる。すごいーっ」

「でしょう、酒粕のケーキはおいしいんですよ。しかも豆乳を使っているので、濃厚なだけでなく、さわやかさもあって」

「うん、すごい、口に残らないね、桜の塩漬けがいい感じで味をひきしめていて。これ、新堂さん、天才。こんなすごいケーキが作れるなんて」

　もう自分がなにか作るのはあきらめよう……そう思った。天と地の差だ。

「まさか。これは、うちの店で、代々、受け継がれてきたレシピなんです。遠野さんにもお教えしますよ」

「いいの？」

「はい、八田さんの奥さんも、おれの祖母も、母も……それからここの台所に立ったことのある人間なら、誰でも……」

　新堂の言葉の語尾が小さくなっていく。

「……和嘉子さんも？」

　さりげなく訊くと、「はい」と沙耶から視線をずらしてうなずく。

「ケーキの上に、桜の塩漬けを載せたのは彼女です」

　彼女が……。

　一瞬、軽いめまいがした。口のなかにまだ残っている桜の塩漬けのしょっぱさ。ふいにそれを消してしまいたくなって沙耶は近くにあった水を口にふくんだ。なんでだろう、どうしてそんなふうに思ったのだろう。

「あの……さっき、八田さんが言ってたんだけど、その和嘉子さんという女性がずっとここで事務をやっていたって。あ、その前に、伝票でも名前を見かけたけど……このひとのこと、質問してよかったかな……」

自分の言葉にちょっと棘がふくまれている気がする。

「ええ、べつに隠していたわけではないですよ。ただ……説明する必要もないかと思って。兄が社長だったころから、ここで十年、事務をしていたのですが、二年ほど前、親の介護のため、丹波の実家に帰ったんです」

そこは八田さんから聞いたのと同じ内容だ。少しホッとする。

「どんなひとだったの？」

「そうですね、頭が良くて、親切で、落ちつきがあって……安心して仕事をまかせられるひとでした」

八田さんから聞いたのとはちょっと違う。

「わたしと……正反対だって八田さんが言ってたけど」

すると新堂はちょっとうつむき、なにか思いだしたような笑みを浮かべたあと、首を左右に振った。

「いえ、正反対という感じではないです」

「じゃあ、似てる？」

「さあ、似てるとも似てないとも……今まで二人をくらべたことがないので、おれにはよくわかりません。それに……遠野さんとは関係のないひとです」

関係ない……。そのひと言が一番胸にこたえる。

これは契約結婚だから。本物ではないから。

それをはっきりと突きつけられているのがわかって胸の奥にチクチクといやな痛みを感じる。

「そうね、そんなこと、わたしには関係ないね。さあ、明日の花祭のため、今日は早めに寝ようかな」

そしてまた笑顔を作ってしまう。あかるくて、前向きで、元気で……そんな自分を作ってしまうのだ。

わたし、つくづくバカだな、と思いながらも。

やっぱりこの関係は、いびつだ。わたしの気持ちが持ちそうにない。

成田離婚――じゃなくて、ここは関西だから伊丹離婚コースだ。

東北の酒蔵めぐりだけはして。

だからそれまではがんばろう。せめて、それまでは「嫁」としての仕事をしっかり果たそう。

翌日、花祭の日はこれ以上ないほどの陽気に包まれた。

四月八日、お釈迦さまのご生誕された日に行う大切な祭らしい。

正式には仏生会というらしいけれど、花祭と呼んでいるようだ。他にも「降誕会」とか「灌仏会」ともいう。

そしてその日は「花御堂」という屋根をいくつもの花で飾ったお堂を作って、お釈迦さまの誕生日を祝うのだ。

そのお堂の周りを付属幼稚園の幼稚園生や、檀家さんの子供達が白い象の花車を引っ張って歩き、色とりどりの花で飾っていく。

そのあと、中央にご安置されたお釈迦さま像に子供たちが甘茶をかけていくのだ。

「わあ、かわいい」

小さな子供たちが連れだっている姿を見ていると自然と笑みがこぼれる。沙耶はここでお客さんに桜の甘酒を振る舞う係になっていた。

寺の境内の一角に用意されたテント。そこに緋毛氈《ひもうせん》をかけた床机をならべ、そこに座ったひとたちに、沙耶はお盆に載せた甘酒をくばっていった。

テレビカメラが現れ、その様子をカメラにおさめたあと、沙耶にも手短にコメントをもとめてきた。

「こちらが桜の甘酒です。ノンアルコールなので子供たちにもくばっていますが、アルコールが入った甘酒もおいしいですよ」

ピンク色の甘酒を手に持って紹介していると、インタビュアーが不思議そうに問いかけてきた。

「奥さんは、最近、嫁がれることになったそうですが、お若いのに造り酒屋に嫁ぐのは勇気がいりませんでしたか？」

マイクをむけられ、沙耶は「いえ」と笑顔をむけた。

「わたしは、この歴史のあるお店の一員になれたことに喜びを感じています」

「お酒はお好きなんですか」

「いえ、軽くたしなむ程度です。日本酒は詳しくなかったので、今、勉強中です」

「こちらのお酒はなにがオススメですか？」

「実はまだ全部をいただいてないので、これだとは言えないんですが、今まで飲んだあらばしりも甘酒もとてもおいしかったです」

もっとうまく銘柄を出してPRすべきかと思う気持ちもあったけれど、自分の気持ちをそのまま言うのが一番伝わる気がして、沙耶は言葉を飾ることはしなかった。

「甘酒というのは……これですか？」

「いえ、初めていただいたのはこちらの柚子の甘酒でしたが……とても寒い日で、今にも凍え死ぬんじゃないかと思っていたとき、ひと口、味わって……すごく幸せな気持ちになりました。あまりにおいしくて。不思議ですね、それまで死にそうな気持ちだったのに、一気に元気になって」

「たしかに昔からお酒は命の水とも言いましたが」

「そうなんです。わたしにとっては、まさにそうでした。……うちの店はとても小さいんですけど、杜氏を中心に造り手の職人さんたちが、ほんとにお酒を愛していて、原料になるお米を大切にしていて、飲んだひとに喜んでもらいたいという気持ちでがんばっているので……飲んだら、心も身体も幸せを感じ、癒されたようになるのかもしれませんね。もちろん、飲み過ぎはダメですけど」

沙耶はにっこりほほえんだ。その様子をカメラにおさめると、テレビクルーたちは寺の本堂の撮影へとむかった。

(あれでよかったかな、びっくりした、いきなりいろんな質問されて)

今ごろになってドキドキしてきた。

苦笑いしながら、テントの裏の簡易調理場で次にくばる桜の甘酒を用意していると、白い日傘をさした紫子さんが現れて話しかけてきた。

「テレビ、今日の夕方のニュースやて。楽しみやねえ」

「ええっ、ドキドキですよ」

「大丈夫、ちゃんと答えていたから。今日はお天気もええし、とっても素敵な花祭になったね」

目を細め、紫子さんが上空の桜を見あげる。

「はい。でも風がまだ冷たくて、花冷えしているので、紫子さんも甘酒であたたまっていってください」

沙耶は紙コップにいれた甘酒を手渡した。

「あのときと反対やね」

「はい、あのときはありがとうございました。さっき、テレビにも答えていたんですけど、あのときの甘酒がほんとにおいしくて……わたし、どん底にいる気分だったのに、一気に元気になったんですよ」

「それやったらよかった。すぐるくんにお礼を言わないとね」

「あのときの？」

「そうや。すぐるくんが、あの公園のひとにもあげたいので、持っていってくれと頼んできたから」

「そうだったんですか……やさしいひとなんですね」

「……そうねえ。いい子なんやけど……動物以外に……ちょっと自分の感情を見せるのが下手かもしれんねえ」

たしかに吟太郎とソラくんには、いつもきらきらとした笑顔を見せる。

「早くに両親を事故で亡くして……二十歳のとき、お兄さんの淳くんを病気で亡くして……借金もかかえて、大学をやめて……でも、淋しいと口にしたり、弱音を吐いたりしているのを見たことがないわ」

そうだ。あのひとが感情をあらわにしているところを見たことがない。

怒ったり哀しんだり苦しんだり……新堂がネガティブな感情を前面に出しているところを知らない。

「さあ、それより時間もないし、早くくばりましょう。そうそう、酒粕のチーズケーキ、わたしもいただいてもいい？」

クーラーボックスを開け、紫子さんがチーズケーキをとりだす。

「ええ、新堂さんが用意したものですけど」

「あの子ね、料理、上手よね。大学時代に創作フレンチのビストロでバイトしていたからね」

「ああ、それでサンドイッチとかも」

「そう、いろんなもの作れるの。店長さんにいっぱい教えてもらったみたいよ」

「そのお店はどこに？」

「もうなくなったわ。この通りを五分ほど南にいったところにあったんやけど、今は駐車場になってる」

「残念ですね」

あんなにおいしい料理を作れるお店なら行ってみたかったのに。

「あ、そうそう、八田のおじいちゃん、さっき、沙耶ちゃんが休憩しているとき、ちょうどここにきて、この酒粕チーズケーキ、食べていかはったよ」

「ええっ、お菓子なんて作るなって言ってたのに」

「すぐるくんの作ったチーズケーキはやっぱりまずいと言って。それでもパクパクたくさん食べて」

「ええっ、まずいってひどい。こんなにおいしいのに」

沙耶がそう言うと、桜の甘酒を補充しにやってきたカオルさんがしみじみとした口調で言った。

「桜餡と酒粕のチーズケーキか。おじいちゃんの好物やからなあ。まずいまずいと言って、本当は喜んで食べてるんや、あのひとは」

「なんか……それ変わってません？」

「亡くなった奥さん――つまりおばあちゃんの得意料理やったんやけど、おばあちゃんが作るたび、まずいまずいと言って、それでも全部独り占めして食べてたんや、うちのおじいちゃん」

「どうしてですか？　素直においしいって言えばいいのに」

「言えへんのや、昔の男は。妻の作った料理が大好きやのに、おいしくてたまらんのに、それを素直に言うのが照れくさいのか……いつも文句ばかり言うて」

「それって、おばあちゃん、かわいそう」

ポツリと言った沙耶の肩に紫子さんがポンと手を置く。

「奥さんは、ちゃんとわかっていたんよ。いつもお弁当のお米の一粒まで残さず食べていたからね。おいしくなかったら、そんなことしないでしょ」

「わあああ、わからないです……男心……」

「すぐるくんのことも同じ。あ、ちょっと違うかな。好きという気持ちの裏返しは同じやけど。奥さんに対しては照れかくし。すぐるくんに対しては親心みたいな感じかな」

「親心って？」

「八田さん、すぐるくんがかわいくて愛しくて仕方ないのよ。だからあのひとの造ったお酒も、あのひとの職人としての姿勢も文句ばかり。もっとこうしたらいいのに、もっとこうしたらうまくいくのにって……」

「だからケーキにも文句を言うんですか」

「そうや。偏屈なおじいちゃんの深い愛の表れ。坊ちゃんもわかってるはずや」

カオルさんが笑いながら言う。するといつの間にかやってきていた新堂が言葉を付け足した。

「ええ、わかってます。八田さん、根っからの職人なんですよ。酒以外のことはまるでダメ。妻にも不器用、子供にも不器用、おれにも不器用……服は時々裏返し、経理のゼロも三つも間違える、人の名前は覚えない……でも酒造りの道に対しては凄まじい。教えてもらいたいことだらけです。だから必死で食らいついて行くつもりです」

新堂はとても愛おしそうな眼差しで遠くを見ていた。

動物以外に感情をあらわにするのが苦手。淋しいひと……。

そんなことはない。酒の道の師匠でもあり、従業員でもある一人の人間をこんなにも大切にしている。心の底から慕っている。そしてその師匠も心から新堂を大切に思っている。

二人の間には強い師弟愛がある。

そのことがわかり、気持ちが晴れやかになった。

この桜のように、明るく、そして美しく。

6　次の契約、どうしますか？

桜が散ると、新緑の若葉が京都の街をすがすがしい空気で包むようになる。

ゴールデンウィーク前に、試飲会が行われることになり、沙耶はその日のために店をもう少しリニューアルしようと決めていた。

招待客は二十名ほど。会場は、この店舗。広さは八畳間二つ分くらいなので、そんなに狭くは感じないだろう。

でも試飲するとなると、少し狭いかもしれない。

沙耶はスケッチブックを広げ、鉛筆でササッと店内の配置図を描いてみた。

「うーん、やっぱり、この大きなカウンターがあると、狭い印象になるかな」

自分が今、スケッチブックを広げている大きなヒノキのカウンター。とても綺麗な一枚板で、店の雰囲気にはよくあっているけれど、かなり大きい。

移動させることはできないし、かといって取りのぞくわけにもいかない。

「もう少し……スペース、利用できないかな」

隣で眠っている吟太郎とソラくんに話しかける。

当然返事はない。でもソラくんは起きてしまったようだ。ミャアと甘えるような声で喉をゴロゴロさせる。

「はい、おやつ」

フードのかけらをあげると、大きく口を開けてパクッと食べる。じっとこちらを見つめるクリクリとした目。肉厚の手で毛づくろいする姿。どうすればこんな愛らしい仕草ができるのだろうかと思う。

ただひたすらかわいがっているので、愛されることを当然のように受けいれ、どんどんかわいくなっていく。

「わたしも……ソラくんみたいになりたいな」

ひととしてのかわいげのようなものがもう少しあればいいのになと思う。いいひと、あかるい、元気、前向き……というだけでなく。

新堂たちは、そこで蔵出しする新酒の製作のため、奥の作業場にずっとこもったままだ。職人さんたちがもどってきてから、沙耶はそこには近づかないことにしている。大事な作業をしているひとたちの邪魔をしたくないからだ。

(でも……一度、見てみたいな。みんながどんな顔をして仕事をしているのか)

八田さんの言う「獣の目」をした新堂。

酒造りをしているときの目というものを見ることができたら。

(その前に、わたしはわたしの仕事をしないと)

沙耶は店内をぐるっと見まわした。

みんなで掃除をしたので綺麗にはなっている。でも照明を変えて、花を飾っているだけで、以前とそう変わらない。

「ここ、使えないかな」

今、自転車置き場になっているお隣の三和土。

新堂が売ろうとしていた隣家。久遠寺さんと反対側の建物だ。

本来なら壁で区切られているのだが、こちらと行き来ができるよう、境界線の壁がない。

かつては従業員の社宅として使用されていたようだけど、今は玄関の土間の部分が自転車置き場兼物置として利用されているだけで、とてももったいない。

「ここ、立ち飲みバルみたいに使えたらいいのに」

店舗のなかに、飲食スペースを作るのではなく、店舗はそのままにして、こちらをなんとか利用できないだろうか。

そんなことを考えながら、自転車置き場の真ん中に立って、ここを利用したらどうなるのか、スケッチブックに配置図と、内装の雰囲気のイラストを書いていると、ソラくんがすっと足元を抜けていった。

トコトコと自転車置き場を抜け、奥のほうに入っていく。

「あっ、ソラくん、ダメだよ、そっちは」

自転車のむこうは、使っていない一升瓶や酒樽、段ボールが無造作に積みあげられている。

　そのむこうには立ち入り禁止のような大きな衝立。ソラくんがそこに入っていってしまった。

「ああ、ちょっとこっちにもどってきて」

　呼び寄せ用のフードを手に、物置スペースの横を通って衝立の奥にむかう。そのむこうはまったく使われていない。

　古い廃屋なので、勝手にお化け屋敷のようになっているのかと思っていたが、沙耶はそこに広がるスペースを見てびっくりした。

「うそ……」

　内部は綺麗に改装されている。ふつうの家のようだ。

　てっきり母屋のように、築百年以上のままだと思っていたのに、ものすごくモダンにリノベーションされている。白い壁の清潔そうなキッチンやリビング。すべて床暖房付きのフローリング。奥にはベッドの置かれた寝室。

　ミャーとソラくんが現れたので、沙耶はすっと抱きあげた。

「ダメじゃない、こっちに来たら。さあ、もどろう」

　そう言いながら、あまりの意外な光景に目が奪われてしまう。

　沙耶は最初の日に泊まった母屋の和室やその近くの生活空間を使っているけれど、ここのほうがずっと使い勝手がよさそうだ。

新堂も母屋の作業場の横の、四畳半で寝泊まりしている。

こんないい空間があるのに、どうして使わないのだろう。

リビングには、よく見れば機関車の模型や室内用のすべり台、それからトランポリンもある。新堂たちが子供のころに使っていた……というには、新しい。

どう見ても、ここは若い家族が暮らしていた雰囲気がただよう。

カーテンは清潔そうなベージュ色。家具も淡い色で統一され、知的でおちついたセンスを感じる。

幸せで、上品な家族の姿を想像してしまう。

食器棚の食器もすべて純白の磁器。木製のサラダボール。それから麻のスリッパ。天然素材にこだわっているみたいだ。

テーブルも椅子もウォールナットの無垢材だ。

（……すごいな……）

専門学校でリノベーションデザインを勉強しているときに、こうした家はよく見ている。古い家のなかを新しく改装したもの。

旅館やカフェ、新築風にして売る物件は別として、そこに住んでいるひとたちが改装する場合、ここまで徹底的に天然素材や上品さにこだわったものはめずらしい。しかもかなり上質の。

コルクボードには、献立メモが貼られている。

酒粕と塩麹を使ったチキンクリームスープ。酒粕のハンバーグ。牛そぼろ丼。揚げ出し豆腐。絹さやと筍の白味噌和え。

新堂が作ってくれた料理とほぼかぶる。

でもこの繊細そうな達筆の文字は新堂の字ではない。

誰の文字だろう。それにどうしてここを使わないんだろう。

家として売るのではなく、更地にするという話だったけれど、ここ、丸ごと、とりこわすつもりだったんだ。

不思議だ。まだまだ知らないことがいっぱいだと思ったそのとき、リビングの棚の上に置かれている写真たてに気づいてハッとした。

新堂だ。新堂が写っている。

「これ……」

ほっそりとした綺麗な女性と、小さな男の子と三人で東京の有名なテーマパークで遊んでいる。大阪のテーマパークも。海水浴写真もある。

新堂さん、結婚してたの？

子供もいるの？

ここはもしかして新堂さんが家族と暮らしていた家？

ではあの文字は奥さんの文字？

わたしに出してくれていた料理は、全部、奥さんと作っていたもの？

どうして誰もそのことをわたしに言わないの？

みんな、気をつかっているの？　新しい奥さんだと思っているから。

でもそれなら、どうして契約結婚のことを知っている紫子さんや純正和尚は、このことを教えてくれないの？

新堂さんに訊けばいいと思ってるの？

それとも、それこそ契約結婚だからこんなことは知らなくても「嫁」という仕事だけすればいいの？

新堂にこのことを訊いたとしても、きっとまた「関係ない」と言ってわたしを突き放すだろう。

「……っ」

それに……わたし、突き放されるのが怖い。

──遠野さんには、関係のないことです。

そう言われたら、胸になにかザクザクと突き刺された感じがして立ち直れそうにない。

想像しただけで恐怖に包まれ、のがれるように沙耶はふわふわのソラくんの毛に顔をうずめた。

わたし……怖い。

部外者のようなあつかいをされてしまうのが怖い。疎外感をおぼえるのが怖いんだ。

そう思ったとき、今さらながらハッとした。

「あ……」

そうか、ここはわたしの居場所になっているから。

たとえ偽物の夫婦でも「天舞酒造」は沙耶の居場所になっている。

たくさんの職人さんたちとの毎日のあいさつやりとり。

ご近所さんとのつきあい。

紫子さんや純正和尚。

そして新堂さんと吟太郎……。

みんなのそばがもうわたしの居場所になってしまっているから。

だから「関係ない」と言われると、その居場所が偽物で、すぐに消えてしまいそうなものに思えて淋しくなるのだ。

それと同時に、改めて自分が余計なことをしてしまったと後悔をおぼえる。

（新堂さん……ここを売りたかったのよね）

住居として、ちゃんと使えるのに、まっさらな更地にして売ろうとしていた。

ここの思い出を残しておきたくなかったからだろう。家具も写真もおもちゃも食器もカーテンもなにもかもそのままで。

（わたし……どうしたらいいんだろう）

そう思ったとき、玄関の音がした。

ガランガランという、引き戸を開けたときにひびく鈴の音。あわてて沙耶はソラくんを抱っこしてその場をあとにした。

「こんにちは。現金書留です」

引き戸を開けたのは、郵便局員さんだった。

「はい、印鑑ですね。ご苦労さまです」

現金書留が二通……かなり分厚い。今のご時世にめずらしいと思いながら、沙耶は「新堂」という印鑑を押した。

「猫ちゃん、かわいいですね」

褒められても、あいかわらずソラくんは無愛想。沙耶と新堂以外は、この世に存在していないかのようだ。

「では、失礼します」

郵便局員さんが去ったあと、沙耶は宛先をたしかめた。

新堂すぐる・沙耶さまと書かれた現金書留の封筒。ずっしりとした重み。封筒いっぱいに入っている印象だ。

「……どうしてわたしの名前も」

裏を見ると二通とも「須田《すだ》和嘉子」と書かれている。

ワカちゃんだ。以前にここで働いていたという。

住所は京丹波町。どうしよう。開けていいだろうか。わたしの名前もあるので問題はないと思うけれど。だけどどうして現金書留？　わたし、この知らないひとから現金をもらう理由はないし。

(やめておこう。新堂さんの名前が書いてあるんだし)

沙耶はスマートフォンで新堂にメッセージを送ることにした。

作業中は絶対に邪魔をしないことになっているので、至急の用はこうして知らせるのだ。

須田和嘉子さんという人から現金書留の封筒がとどいている。休み時間に、たしかめて欲しい――と。

送信したあと、沙耶は封筒にしたためられた繊細で流麗な文字を見て、ハッとした。

さっきのコルクボードに貼ってあったメモを思いだす。

同じだ。あの特徴のある達筆とこの字……。

(じゃあ、ワカちゃんはやっぱり新堂さんと……)

隣の部屋の写真。ほっそりとした美人だった。さわやかな知的な雰囲気の。あそこにあった天然素材の上質でオーガニックな雰囲気が似合う女性。

封筒をしまうと、沙耶はソラくんを抱きしめ、その背に顔をうずめて目を閉じた。

頭のなかをいろんな想像が駆けぬけていく。

今まで周りのひとたちから聞いたことや本人から聞いたことを断片的につなぎ合わせて一つのストーリーを作ってみる。

十年前、お兄さんを亡くした新堂さん。

遊び人だったお兄さんの借金。それを返すため、大学を中退して、この店を継ぐことにした。

そのとき、事務員として働いていた年上の綺麗な女性――和嘉子さん。

新堂さんは、落ちつきのある知的な人だったと言っていた。

きっと心細かった彼には、安らげる相手だったのだろう。そのまま当然のように二人は結婚して、男の子も生まれた。

両親もなく、お兄さんも亡くなったあと、彼女と子供は新堂にとってとても大切な家族だったに違いない。隣の家の、あのさわやかなリノベーションを見ていると、素敵な家族だったと思う。

でもなにか理由があって、二年くらい前に離婚した。

そのへんのことはわからないのだけど、いろいろと傷ついたことがあって、新堂さんは思い出の家を売ろうとしているのだ。

女将殺しの若杜氏などと言われるようになったのは、多分、和嘉子さんと別れたあと、自暴自棄になっていたせいかもしれない。来るもの拒まず、去るもの追わずな感じで、芸者さんや玄人の女性を取っ替え引っ替えしていたのだろう。

三兄弟や秀才くん、カオルさんはそんな新堂さんの変わりっぷりに絶望して、ここを去ろうとした。

困った新堂さんはふらっと沙耶が働いていた会社にきたのだろう。

けれど沙耶が邪魔をしたので、隣の家を売るのをやめた。

昨年の米がよかったので、最後にいい酒を造りたいという気持ちが心のどこかにあったのだろう。

（だったらよかったのかな、これで）

好きでも嫌いでもない利害一致の相手との契約結婚。ドライな人間関係。

彼がそれを選んだ。

そして自分はそのためのパートナーとしてここで「嫁」を演じる。それが自分の仕事だ。

あかるくて、元気で、前向きな嫁を演じる。心を入れてはいけないのだと己に言い聞かせる。


しばらくすると新堂がスマートフォンを手に現れた。作業の途中だったのだろう。長靴、法被、三角巾をつけたままだ。

「現金書留って？」

彼が近づくと、酒の匂いがする。この匂い、とても好きだ。ほっとする。

「あの、これ……」

沙耶は封筒を手わたした。どんな顔をするだろうと思っていたけれど、新堂はあいかわらず飄々とした様子だった。

「二人宛になってますね。多分、ご祝儀ですね」

ピリッと開けて、新堂はなかから新札の一万円札の束をとりだした。

「全部で百万入ってます」

「ええっ、そんなに？」

びっくりしてひっくり返りそうになった。たしかに分厚かったけれど。

「わかりました。おれのほうで返しておきます」

別れた旦那の再婚に百万のご祝儀を送るというのはどういうことだろう。

そのとき、ガラス戸をトントンと叩く音が聞こえた。

「あっ……」

見れば、外からほっそりとした長い髪の女性がのぞいている。ほっそりとした綺麗な女性。その姿を見たとたん、驚きのあまり、沙耶の心臓は激しく音を立てて鳴った。写真に写っていた女性……和嘉子だ。

「どうしてここに。あ、遠野さん、ここにいてください。これ返してきますから」

新堂が現金書留の封筒を手にして外に出て行く。ガラス戸が閉まり、二人で話をしている様子が格子窓越しに見える。

二人の会話、聞いてはいけないけど……聞こえてくる。

「なんでいきなりこんなものを送ってくれるんですか」

新堂の声だ。彼女にも敬語を使っている。

「テレビ、見たから。新しい店の奥さん、紹介されていて」

それでご祝儀。だから名前を知っていたのか。

「コウスケ、元気にしてますか？」

「あ、うん。もう小学校四年」

「そう、元気ならよかったです」

「元気元気。気立てもええよ。顔も可愛い。すぐるくんにそっくり」

すぐるくんにそっくり——その言葉にくらくらした。あの写真もそうだった。疑いようもなく親子なのだ。

やっぱり新堂の元奥さんで、二人には子供がいて、でも離婚したというのが答えだ。ただどうして別れたのかはわからないけれど。

「ここにくるなら、こんなもの、送らなくてもいいのに。これ、返します」

新堂が封筒を彼女にわたすシルエットが格子窓越しに見える。

「払わせてくれないの？」

「多すぎます」

「すぐるくんが送ってくれたコウスケの養育費、全額、そのまま返したんだけど気を悪くした？」

「コウスケの分は、おれの義務なんで。おれには責任が」

「やっぱりそんなふうに思ってるんだ。それ、わたしへのイヤミにしか思えないんだけど」

「どうして」

「責任感や義務感でされるの、すごく辛い。傷つくの。だから全額、返す。それだけよ」

はっきりとした和嘉子の言葉に新堂は言葉を失っているようだった。

「だからもうこれきりにして」

「コウスケに……会わせてもらえないのですか？」

「会わないで。新しい環境にようやく慣れてきたところ。コウスケにはすぐるくんのこと、一旦、忘れてもらいたいの。パパなんて思わせたくないの」

そうか、養育費が必要だったのか。前にお金がいると言っていたけれど、息子のために。でもそれなのに、パパと思わせたくないなんて……哀しすぎる。

「だからこれは返すの。お元気で。送り返されたくないから、届くときに合わせてきたのよ。じゃあね」

和嘉子はそう言うと、新堂に背を向けてさっと格子窓のむこうから姿を消した。

「新堂さん……」

店内に新堂がもどってくると、甘いジャスミンの香りがした。

お酒の匂いと混じっている。彼女の香水の匂いかと思ったけれど、違った。むかいの家の庭に咲いているのだ。

「百万、どうする？」

「そうですね……東北旅行に使いますか」

そのとき、キラッとまなじりが光った気がした。濡れている。泣いているんだ。

かわいそうに。子供にも会えなくなるとは。

沙耶は店の冷蔵庫に試飲用にと冷やしていた桜の甘酒を出し、グラスに入れて新堂に差しだした。

「ありがとうございます」

新堂は桜の甘酒をごくっと飲み干した。

「聞こえてたんですね」

「うん、ごめん」

「いえ、情けないですね。コウスケと和嘉子さんを幸せにしたかったんですが」

その言葉がザクザクと胸に刺さる。

「……」

なにも言えなかった。こっちも泣きたい——とは。

ようやく自覚した。この人が好きなのだということを。今さらながら気づいたのだ。

「とりあえず、この金を使って、東北の酒蔵めぐり、豪遊しましょう。いい旅館に泊まって、海の幸、山の幸を味わって」

「……そんなの、もったいないよ」

やはり「伊丹離婚」確定だと思いながら、自分の心を隠し、沙耶はスケッチブックをとりだして新堂の前に広げた。

「豪遊はやめて、それよりもこの内装にするのに使えないかな」

隣の家の玄関——自転車置き場のところを改装する。そしてカウンターにして、そこで試飲をしてもらうのだ。ちゃんと椅子も置いて。

「百万を?」

「そうよ。リノベーション費用にあてるの。旅行は倹約したほうがいい。分不相応な贅沢しても、わたし、気後れしてダメだと思うから。古い民宿とか、お寺の宿坊とかでも大丈夫だし、食べるなら、贅沢なものより地元の人たちが食べている郷土料理がいい」

「遠野さん……」

「ヤケクソで豪遊しても、きっと楽しくないよ。わたしも突き返された養育費をあぶく銭のように使うのはいや。ちっともうれしくない。せっかく返してもらったんだからさ、ちゃんと有効活用したほうがいいよ」

またまたお節介がでてしまっている。東北豪華温泉旅行をして、伊丹空港で、『さよなら〜』でいいのに。

「有効活用……ですか」

「そーよ、リノベーション費用にあてようよ。デザイン料は、東北貧乏旅行代でいいから、こんなふうにしようよ」

「ああ、これ、前に見たものとちょっと違いますね」

前に見たもの――というのは、沙耶が工房で働いていたときにスケッチブックに軽く描いていたラフ画と間取り図のことだ。

「あのあと、ここにきていろいろと考えが変わったの。工房にいたときは実際の家を見ないで、間取りだけを見て、考えたんだけど」

「そういえば、上司の案に文句言ってませんでしたか？」

「ええ」

沙耶は苦笑いした。

「びっくりしました。あんなにはっきりと」

「当たり前じゃない。ここの中庭をコンクリートで埋めるって、一体、どういう神経なんだと思うくらいだったから」

「それはそっちがプロだったから信頼して」

「そういえば、新堂さん、あのときに、わたしのこと、思いきりディスってなかった？さげすんだような言い方して」

「え……しましたか？」

「言ったじゃない、わたしなんか雇うのもったいないって」

「ああ、あれは逆です」

「え……」

沙耶は目をパチクリさせた。

「遠野さんみたいな優秀なひとが、あんな会社で働くの、もったいないって意味で言ったんですが、逆に受けとりましたか？」

「え……ええっ、どういうこと？」

沙耶はきょとんとした。

「遠野さんの言う通りだと思ったので」

「ちょっと、じゃあ褒めてたの？」

「はい、だからお礼を言ったじゃないですか。あなたのおかげで、あのリフォーム会社に仕事を頼むのをやめることにしたって」

「あれ……思い切り意地悪で言ったんだと思った」

ボソッと言った沙耶に、新堂は笑顔でうなずく。

「はい、意地悪で言いました」

「やっぱり」

「でもそれは遠野さんに対してではなくて、あの会社に対して。ただあれが原因でクビになるなんて思いもしなかったので」

「……もういいわ、それは」

ここに就職できたんだし……とは続けなかったけれど、本当にそう思っていた。あのまま正社員にならなくてよかった。ここで働けてよかった、と。

「それ、見せてください」

新堂は沙耶のスケッチブックをパラパラとめくった。

「中庭は残したいんですね」

「そう、コンクリートで埋める案なんて、もってのほか」

「でも、あのリフォーム会社の岩井さんだっけ？　彼はコンクリートにしたほうが手間が省けていいって言ってましたよ」

「だめ、反対に手間になる。ちょっときて」

沙耶は新堂の手を引っ張って中庭にむかった。

「ここ、見てよ。陽射しがもろにあたるじゃない」

そんなに大きくはない中庭。京都の町家によくある「中庭」や「奥庭」は風通しを良くして季節を感じさせる大切な空間なのだ。

「ここを埋めるにはそれだけのコンクリートが必要なのよ。撤去したら、それは廃棄物になるの」

たった八畳ほどの空間。今は手入れがされていないけれど、ここを綺麗にしたら、ものすごくこの家が生きてくると思う。

「コンクリートにしたら、夏は直射日光が当たって、ここ、鉄板みたいになるわよ。周囲の温度も上昇するから、ここからまっすぐいったところにある酒蔵にも熱い空気がいくことになるけどそれでいい？」

「このままなら、土が熱を吸収してくれるし、水をまけばさらに熱を冷ましてくれる。それに植物の水蒸気で周囲の温度を下げてくれるの。酸素も出してくれるし」

「良くないです」

なにを熱弁しているのだろう、わたしは。

でも新堂がお酒にたいしてきらきらしているように、自分はこれにたいしてだけは、せめて輝いていたいと思うのだ。

あかるくて、いいひとで、元気……というだけでなく、自分が手に入れたいもの、これだけはというもののために。

「それにね、隣の建物を売る予定だったわよね。そのあと、どうなる計画だったか知ってる？」

「いえ」

「わたしも知らないんだけど……戸建て住宅ならいいけど、もしマンションとか駐車場とかになったら大変よ」

そこまで言ったあと、新堂がいつになく深刻な顔をしていることに気づき、沙耶は我にかえったようにハッとした。気を悪くしたかもしれない。

「ごめん……悪いくせが出たね、わたしのお節介……」

「いえ、全然、そんなことないです。それどころか感動してたんです。そのとおりだと思って。売らなくてよかった。おれは家づくりは素人なんで。会社の利益よりも、ちゃんとこちらを思って、正しいアドバイスをしてくれたんだと……改めて遠野さんに感謝してます」

　そんなこと言われると、どうしよう、胸が奇妙なほど熱くなって泣けてきそうになる。こちらの気持ちがストレートに伝わり、それを喜んでくれている事実に。

「わかりました。では試飲会が終わったら、まずは店をリノベーションしましょう。遠野さんに任せます。予算はこの百万で」

「え……いいの？」

「いいのもなにも、遠野さんがしてくれるって言ったんじゃないですか。これ使って、バーンとかっこいい店舗にしてください」

　沙耶の手に百万円分の封筒をポンと置く。

「これを私に？」

「正式な依頼です。遠野さんにここを任せます」

「いいの？　わたし、素人同然なのに」

「でも愛情のあるひとにやって欲しいんです。ここはこの店の顔です。だからお店を愛して大切に思ってくれているひとにしか任せられない。遠野さん以外にふさわしい人間はいません」

　はっきりそう言われ、よしがんばろう、精一杯やろうという気持ちになった。不安だけど、自分にそこまでの力があるのかわからないけど、この気持ちには応えなければと強く思った。

「わかった、やってみる、これ以上ないほどかっこいい店にする」

そうだ、わたしはわたしのやれることをしようと思った。

あの人と契約結婚してよかったなと思ってもらえるように。

(やっぱり根が前向きなのかな、わたし。そうだ、それでいいんだ、わたしはわたしらしくがんばろう)


「――こんにちは。来週の試飲会、きてくださいね」

お隣の久遠寺にチラシを持って訪ねると、紫子さんが心配そうに尋ねてきた。

「和嘉子さんと会ったんやて?」

「ええ。あんまり綺麗でびっくりしました」

「そうやね、綺麗は綺麗やね。でも天舞酒造のお嫁さんは、あの人よりも沙耶ちゃんのほうが合ってるて、みんな、言うてるよ」

やっぱりこの店のお嫁さんだったのだ、和嘉子さんは。

(そりゃそうか。数年間分の領収書がその証拠……。彼女はここで働いていたんだから。新堂さんのお嫁さんだったわけよね)

本堂の前の縁側に座り、沙耶は息をついた。

「でも子供までいたのに……。介護が理由で辞めたって、八田さんが言ってたけど……ほんとは違うみたいでした」

「そのあたりのことはわたしらの口からはなんも言えへんわ。すぐるくんが伝えてないことは」

隣で正座をし、紫子さんはすっかり散ってしまった葉桜を見あげた。

「そうですか」

ちょっと知りたいような、知りたくないような。

すると清涼感に満ちた白檀の香りをさせ、ジャラジャラと数珠の音を立てて純正和尚が近づいてきた。

「なんやなんや、お通夜みたいな顔して」

「純正さん……」

ふたりの後ろでヤンキー座りし、純正が沙耶の肩をポンと叩く。

「どうする、沙耶ちゃん、すぐるんのことはあきらめて、いっそぼくのお嫁さんになる？ここ、寺嫁さん、絶賛募集中なんで」

「え……」

冗談とも本当ともわからず、沙耶が眉をひそめると、純正和尚は目を細めてにっこりと微笑する。

「うちの寺嫁さんになったらええやん」

「ちょっとちょっと待ってくださいよ」

するとと紫子さんがうれしそうに手を叩いた。

「沙耶ちゃん、そうや、それがええわ。うちにきたらええわ。純正ちゃんて、見た感じ、こんな感じでチャラチャラしているけど、ほんまはめっちゃええ子なんよ。高野山での修行も一番まじめやったって話やし」

「待ってくださいよ。いきなりそんな。それ、裏のある言葉じゃないですよね」

「ないない、なんの裏もない。本気やで、ぼくは」

「沙耶ちゃんのこと、狙ってるひと、多いんよ。この前、うちにきていた檀家さんからも、桜の甘酒のお姉さんが素敵やったという声が多くて」

「うそ」

それはうれしい。顔がにやけてしまう。うわあ、どうしよう。いきなりモテ期到来ですか。

「すぐるくんとは契約夫婦じゃないかなーと思ってるひと多いし、秀才くんでさえ気づいているみたいだし」

それはがっかり。まあ、二人とも演技が達者なわけではないからバレバレでしたか。

「どうする、一回、ぼくとデートする？」

肩に手をかけ、純正が顔を近づけてくる。なまめかしくも美しい純正の眼差しにドキドキしてしまう。

「デート……純正和尚と……？」

沙耶は指先でほおをもじもじと掻いた。

「そうや、デートしよ。そうやな、京都、禅寺めぐりがええかな」

「……え……」

今、なんと？

「二人で一緒に座禅してもええし、写経も楽しいし。あ、動きたいんやったら体育会系には密教ツアーがええかなあ。智積院や醍醐寺にたのんでもええけど、宗派が同じところは気を使うし、いっそ、違うところ、天台さんのところの比叡山修行コースも面白いかも知れんなあ」

楽しそうに言う純正を沙耶は冷ややかな目で見た。

「……」

あの……それ、デートコースといいますか？

禅とか密教とか天台とか言われても、こちらにはさっぱりわからないんですけど、全部、一緒なんですけど。

「うん、でも沙耶ちゃん、体育会系って感じやないから、やっぱり禅寺めぐりがええかなあ。宗派、違うから、気を使わなくてもええし。南禅寺のお寺さんの写経会、けっこうええ和菓子が出るんや。かぎ甚《じん》さんやったかな。それから大徳寺さんのお茶席もええよ。一休和尚のお庭を見て、座禅して」

「は……はあ」

それ、本気ですか？

と問いかけたいが、純正がとてもきらきらとしているので、それ以上言うことができない。酒造りについて話しているときの新堂と同じきらきらだ。

「一休和尚は、ほんまにすごいんや。あ、どうやろう、一休和尚の史跡めぐりもええかもしれんなあ」

「でも、わたしはちょっと……」

さすがに苦笑いしてしまう。

「そうか、沙耶ちゃん、四国の人間やったら、やっぱり弘法大師さんが馴染みが深いなあ。それやったら、東寺さんに行こう。五重の塔の」

ああ、さらにきらきらが増している。

「なんか、いいことがあるの？　東寺さんには」

「あるもあるもすごいもんがあるんや」

悪い予感しかしないけれど訊いてみる。

「イケメンの帝釈天さまや。奈良の興福寺の阿修羅像が美少年て言われているけど、あの丸顔の坊ちゃん系仏像よりも、東寺のしゅっとした帝釈天さまのほうが絶対綺麗やで。ほんま、帝釈天さま、最高……」

そこにある来客用のスリッパで、ばちんと後頭部を殴りたくなってきた。

阿修羅も帝釈天もまったくわかりません。だんだん新堂さんがよく思えてくるから不思議だ。このひとがこれほどの美青年でありながら、女性の気配がなかった理由を一瞬で理解した。残念だ。残念すぎる。こんなにも絶世の美青年でありながら、異様な仏教オタクさんだったとは。

「体つきなら東大寺戒壇堂の四天王が細マッチョでかっこいい。広目天さまは惚れ惚れする肉体をお持ちや。踏みつけにされている邪鬼さんも可愛くてなあ」

さらに瞳を輝かせながら話している和尚。さすがに、その背を後ろから紫子さんがハリセンのようなものでパシーッと叩く。

「このアホ。なんやねん、それ」

紫子さん、怖いんですけど。

あ、よく見れば、ハリセンではなく、ただの大きめの夏用扇子でした。ふわっと沈香の香りが漂ってくる。

夢から覚めたような目で純正が祖母の顔を見つめる。その顎を扇子の先でちょいちょいとつつくと、紫子さんは深いため息をついてしみじみと言った。

「そんなもん喜ぶ女の子はいいひん。いたら、速攻、おばあちゃんがあんたのお嫁さんになってくれって土下座する。そのくらい、この世界にはいないよ。ほんまになんなんやあんたは。なに考えてるんや」

「でも一休和尚は本当に素晴らしい僧侶ですし、帝釈天さまはお美しいので、やはりうちの寺嫁さんには好きになって欲しいやないですか」

「アホやなあ、本気でそんなこと思ってるんやったらほんまに可哀想になってくるわ。あんたもすぐるくんも」

パンパンと扇子で壁を叩き、紫子さんははんなりとした京言葉ではなく、滑舌のいい大阪の言葉のような感じで話を続けた。

「女の子をデートに誘うんやったら、あんたがサンドイッチでも作って、今の季節やったら、クラゲが綺麗な京都水族館に行くとか、同じ比叡山でも延暦寺の修行コースやなくて、夜景の綺麗なハーブ園に連れて行くとか、もっと考えられへんのか」

「……っ」

「どうせやったら、沙耶ちゃんの好きな美術系のデートがええ。あ、でも仏像とは違うよ。岡崎のところにある優雅な美術館で絵を見て、そのあと、キルフェボンでも行って、今の季節やったら、白桃のタルトでもご馳走して、……そんくらいできひんのか」

さらにパンパンと紫子さんが壁を叩く。

「きれいな夜景なら、新堂さん、連れて行ってくれました」

「え……」

二人が一斉に硬直する。

「サンドイッチ作って、桜見に。それで柚子のにごり酒も造ってくれて」

「あいつが？」

「純正ちゃん、あんた、すぐるくんに負けてるで」

紫子さんがゲラゲラと笑いだすと、純正もつられたように声をあげて笑いはじめた。なにがおかしいのかわからないけれど、二人して転げまわるような勢いで爆笑している。

「……あの……」

「沙耶ちゃん、悔しいけど……あいつ、あんたに惚れてるわ」

「わたしもそう思う」

「え……っ……」

「あのアホでめんどくさがりで、なーんも執着のない男がそんなんするなんて、明日は地球が滅ぶのと違うかってくらいめずらしいんや」

「ほんまやわあ。すぐるくん、お酒以外まったく興味がないから」

でもそれなら和嘉子さんの存在は？

コウスケ君という息子さんは？　百万円の養育費の意味は？

「まあ、すぐるんも不器用な男やし、もう少し待ってやって。で、すぐるんとうまくいかへんかったら、いつでもぼくのとこにきてええから」

「純正和尚、そんなもったいないこと」

「ぼく、沙耶ちゃんのこと、本気でええなあと思ってるよ。そやから、あのアホのすぐるんが嫌やなと思ったら」

「嫌やなと思ったらって」

「だって、沙耶ちゃん、すぐるんのこと、好きやろ？」

「え……」

ほおがカッと赤くなる。やはりバレバレ？

「すぐるんだけやろうな、気づいてへんの」

おかしそうに純正が笑うと、紫子さんも笑う。

「ほんまや。アホみたいやなあ、あのひと」

アホみたいって、そんな……。

自分でも昨日気づいたばかりなのに。

そうか、世間にはそんなに分かりやすかったのかと思うとおかしくなってくる。

でもあのひとたちが言うように、新堂が自分に惚れているとは思わない。惚れているなら和嘉子との涙を平気で見せたりはしないだろう。

むしろ一緒にいると楽な安全パイ。それ以外のなにものでもないだろう。

自覚する前に失恋だけど、せっかくだし試飲会は成功させたい。

そう、それを成功させ、リノベーションをすることだけを考えよう。

それで——東北貧乏旅行に行って、契約を終了する。


それから試飲会の日までめまぐるしい毎日が続いた。

　一度、片山不動産はここの隣の土地を売ってほしそうに電話をしてきた。

　テレビを見て、沙耶が本当に嫁いだのだと思って、説得してほしいと頼んできたのだ。

『遠野さん、遠野さんからも頼んでみてよ』

　そんなふうに言われたが、「売りません」と断った。

　隣の家は、和嘉子と新堂がどうするか決めるものだし、自分がどうこうすることはできない。玄関部分をリノベーションするので、売ること自体ができない。

「明日、いよいよ試飲会ですね」

　前日、店の準備を終えたあと、新堂が話しかけてきた。

「うん」

「あのさ、明日、試飲会が終わったら改めて話があるんですけど」

　和嘉子とよりをもどすということだろうか。

　それとも契約結婚の解除？

　いや、その前の仮婚約でしたね、まだ。

「明日の前に、これ、飲んでもらえませんか」

「え……」

　ふりむくと、ヒノキのカウンターに桜模様が刻まれたエメラルドグリーンの美しい切子グラスが二つならんでいた。

　同じように透明な日本酒がそそがれている。

純米酒だ。夕方の窓からの淡いオレンジ色の光が透きとおるような純米酒を淡く染めている。なんて綺麗なんだろう。それにとてもさわやかな香り。

「これは？」

「季節限定——今月、蔵出出荷予定の二作品です。試飲してみませんか？」

「いいの？」

「はい」

新堂はグラスに入れた生酒を沙耶に差し出してきた。

マスカットのような清々しい匂いだけど、喉越しがちょっと荒い。ざわざわとした感じ。まだ生きているようだ。

「うわっ、野性的、これ……すごい」

「え……野性的……ですか？」

「うん、まだざわざわした野性的な感じ。なんだろう、生搾りのフレッシュジュースみたいなパワー」

くらくらしてくる。身体のなかにエネルギーが満ちてくる。ぐいぐいとなにかがみなぎってくるような。

「サバンナ？　ううん、アマゾンかな」

「なんですか、そのたとえ」

「飲んだとたん、頭に映像が出てきて。密林の生き物とか、木立にふる雨とか、照りつける太陽の燃えるような匂いとか……そんな感じ。つまりエネルギッシュと言いたいの」

「あ……ああ、そういう意味ですか」

新堂はクスッと笑った。

「遠野さん、やっぱりおもしろいですね。じゃあ、こっちはどうですか」

「こっち……」

澄んだ森の泉のような表面をしている。同じ森でもさっきのざわざわした密林の息吹とは違う。

コクッと飲むと、それだけでサーッと身体のなかが綺麗になっていくような、デトックスされていくような味わいがある。

ふわっとフルーティーな味わいとともにさらさらとした水分に身体が浄化されていくような心地よさを感じる。

「おいしい……」

思わず口にしていた。こんなおいしいお酒は初めてだ。

酒好きというわけでもなく、日本酒を飲むこともあまりなかった。ジュースのようなお酒が飲める程度だ。

そんな沙耶でもさらっと飲める。

「さっきは大地がくれた生き物のエネルギーを感じさせるお酒。こっち……神さまがさずけてくれたお酒みたい」

目を瞑ると、しんとした静かな自然の精気を感じる。

「こっちは繊細。きよらか。安らぎを感じる。癒しのお酒。天と地と風と水と……自然に感謝したくなる味わい」

「ありがとうございます、そんなふうに言ってくれて」

新堂はとてもうれしそうに微笑した。

「遠野さんが二番目に飲んだ純米酒がうちの看板商品の『天翔の舞』です。百パーセント、丹波米を使用した逸品です」

「ああ、これが」

「昨年の米の出来がよかったので、今年はいつになくなめらかな舌触りになりました」

「ああ、だから天国にいるような」

「はい」

「夏にできるんじゃなかったの？」

「この先、どうなるか不安だったので、早めに造りました」

天才だ、このひと。

「ボトルも一新したんです。青いけど、ちょっと紫に見えるものに」

新堂がボトルを見せてくれた。光の加減で紫色に見える。けれど少し角度を変えると変わっていく。

「すごいでしょう、闇のなかだと青、電灯の下だと紫、そして太陽の下だとまた青になるんです」

「わあ、神秘的」

沙耶はボトルをくるくると回した。

「……杜氏という仕事……酒造りという仕事……うちのような店がこれ以上大きくなっていくことって、多分もうないと思うんです」

改まった口調で新堂が言う。

「京都の職人さんがどんどん減っていきます。蔵元も大きなメーカーに吸収されておわりというところが多いです」

「……」

「でも……おれはだからこそ伝統的な芸術品として、手作業で造る酒にも価値があると信じてここまでやってきました」

「新堂さん……」

「酒はいいです。日常使いから芸術品、神さまへのもの。いろんなものが造れます。そしてひとの口のなかに溶けて消えていく」

「消えていく？」

「一期一会の魅力があるんです。その一期一会に最高に幸せな気持ちになってもらいたくて、酒を造っている気がします」

その言葉にまた胸がきゅんとした。

やっぱりこのひとがすきだ。一緒にその夢が見たい。ここで。

そう、この家をリノベーションしたかった。その夢の一期一会を育む場所を自分も一緒に作りたい。

自分の気持ちや罪悪感なんてどうでもいい。そう思った。このお酒を世に出すための、わたしはピースの一つなのだ。

はっきり気づいた。守りたい。守ってみせる。

「一期一会か。大事にしないとね。お酒もそうだけど、ひととの出会いもそうだよね。わたし、まだ二カ月だけど、ここにきてほんとによかったと思ってる」

「そうですか？」

「うん、京都にあこがれてきたんだけど、契約社員として働いていた三年間よりもこの二カ月間がずっと濃厚だった。ここにいられたおかげで改めてわたしは自分が何をしたかったのかよくわかった」

「そうなんですね。よかったです」

「ここでね、いろんなひとと出会えて気づいた。わたし、ひとが幸せになれる空間が作りたかったんだってこと」

沙耶はぐるっと店内を見回した。

「この家似てるの。わたしが子供のころ、まだ小さかったころに暮らしていた西陣の町家にそっくり」

「西陣？」

「うん、小さな織元でね。子供のときに両親が離婚して、母方の土佐にもどって暮らしていたんだけど、ずっと町家の持つなんとも言えない空気が忘れられなくて」

沙耶は足元に来たソラくんを抱っこして、その額にほおをすり寄せた。

「でも町家というだけではなくて、わたしは、そこで生きているひとたちの人生を全部包み込んで幸せにする空間が作りたかったんだな……というのがわかったの」

今度は吟太郎がよってくる。反対側の手でヨシヨシと頭を撫でる。

「それは町家でもよかったし、お酒造りでもよかったし……なんでもよかったんだってわかった」

沙耶はにっこりと微笑した。

そうだ、町家そのものを作ることではなく、町家で暮らす空間——いろんな人間たちの歴史を背負い、いろんな感情を飲み込んで、生活をしていく幸せな空間にずっとあこがれていたことがわかった。

そしてそれをここで体験できたことに。

たとえ本当の家族ではなくても、新堂のお嫁さんということでたくさんの人からたくさんのあたたかい気持ちと時間をもらった。

それこそが欲しかったものだとわかったのだ。

ここで自分にできることを精一杯しよう。それはここをリノベーションして、もっとたくさんのひとに入ってもらえる店を創ることだ。

新堂が和嘉子とよりをもどすならそれはそれでいいし、忘れられないのならそれでもいい。

でもこの場所でお酒を造るピースの一つとして、精一杯、やれるだけのことをやりたいと思う。そう思うともう淋しさはない。明日からまた前に進むだけ。

このひとを好きになってよかったと思うために。

好きにならなければ知らなかった多くの感情……。

それをひとつひとつ胸からすくいあげて、自分の人生を築いていく。

「ありがとう、ほんとにおいしかった。それで最初のお酒はなんという名前？」

「実はまだ決めてないんです。明日、発表しようかと。新しい契約農家との間でつくった新米からの生搾りなんですけど」

「そうなんだ、たのしみ」

笑顔で言ったそのとき、八田さんが作業場から出てきた。

「おいおい、なんで、この女に蔵出ししたばっかりの生搾りを一番に飲ませるんや。ふざけてるんか、坊ちゃんは。わしもまだ飲んでないぞ」

えっ……。

沙耶は目をパチクリとさせた。

「一番に彼女の意見を聞きたかったんです。いいできかどうかたしかめるために」

「彼女の意見に左右されるんか？」

「はい」

「なんやて」

「いけませんか？」

「杜氏としての誇りよりも、この女の意見が大事なのか」

　ああ、おじいちゃん、そこまで大袈裟に考えなくても。

「大事です。もちろん、杜氏として最高級のものを造っているという誇りはあります。でも飲んでくれる相手がおいしいと思うものでなければ。そう思って彼女に一番に飲んでもらったんです」

「それでどうやったんや」

　八田さんは腕を組んで、不機嫌そうに新堂に問いかけた。

「生搾りは、大地のエネルギーだそうです」

「ほおお、大地のねえ」

「飲むと元気になるそうです。アマゾンやサバンナの生き物みたいだとも」

　新堂の言葉に、八田さんがおかしそうにプッと吹き出す。

「おもしろいたとえやな」

「はい」

「坊ちゃん、そのうち、この子の尻に敷かれるぞ」

しまう。

嘘だとしても、八田さんをごまかすためだとしても……胸に花が咲いたみたいになって

今、なんて？　妻と言った？

それまで隅っこで吟太郎を撫で撫でしていたカオルさんがヒューッと口笛を吹く。

「いいんです、妻なんで」

「あかん、それでええんか」

「いいんですよ」

お酒のせい？　酔っているせい？

「おっと、いいねえ。坊ちゃん、初めてやないかな、酒のことでじいちゃんに逆らったの」

「逆らっているんじゃないです。酒の道の達人、絶対的存在として尊敬しています。だから弟子として、感動したことを伝えているだけです」

そのとき、新堂の目がいつになく鋭くきらめいていることに気づいた。

もしかすると、契約結婚という、感情のない関係だったけれど、自分とこのひととの間になにかしら不思議な絆のようなものができているのかもしれない。

そんな実感がしてきた。

たまたま利害が一致したのは不思議な偶然だと思っていたけれど、もしかしたら必然なのかも。

沙耶は店内の神棚を見た。

もしかすると、お酒の神さまが選んでくれたのかもね、わたしを。

この店を残すために。新しいお酒を彼が造れるように。


「どうぞ、こちらで試飲していってください」

緊張しながら、沙耶は新しく作ったカウンターで、今年の「天翔の舞」をグラスに入れてお得意さまに飲んでもらっていた。

「おいしいね、今年は米がいいのか、いつも以上になめらかだね」

「すごいわあ、これやったら、お客さんにも喜んでもらえるわ」

二十名ほどのご贔屓さんではあるけれど、みんな、口々においしいと言ってくれてうれしい。このあと、新しい米を使った新酒として生搾りを配り、新堂が名前を発表する予定だ。

「奥さん、ちょっと表にお客さんですよ」

秀才くんに呼ばれ、沙耶は表に出た。

するとそこに和嘉子が立っていた。

「こんにちは」

「今日はね、自分の荷物をひきとりにきたの。ここ、入ってもいいかな？」

和嘉子は隣の家の戸を指差した。

「どうぞ。玄関、自転車置き場と物置になっていて入りづらいですけど」

「荷物の整理をしたら、宅配便に取りにきてもらうけどいい？」

「手伝いましょうか」

「いいわよ、全部、わたしの家具だから。思い出がいっぱい詰まっていて、なかなか運び出せなかったけど、前々から、すぐるくんに言われていたの、どうにかしてほしいって」

「そういえば、一時期、ここ、売るつもりだったみたいです」

「そうね、売るから、荷物、全部、送るぞとか言ってたわ」

和嘉子はクスクスと笑った。

「失礼ですよね。そんなこと」

「まあ、放置していたわたしが悪いから」

「でも……ここの前の奥さんだったわけですよね」

「奥さんじゃないわ。籍、入れてないから」

「え……」

沙耶は驚いて目をみはった。

「入れる前に死なれたからね」

和嘉子は淋しそうに微笑する。

ええっ、死なれた――――？

「結婚しようという話が出る前に、白血病になって……わたしに子供ができていることも知らないで、あの世に逝っちゃって」

誰……白血病で亡くなったひとって……そんな話……知らない。

「すぐるくんには、悪いことしたわ」

「は……はあ」

わけがわからず、沙耶はキョトンとしていた。

「お兄さんの尻ぬぐいばかりさせて」

お兄さん……。あ、そうか。

「よかった。あなたみたいなひとと結婚してくれて。あれ以来、どうなってしまうのか心配していたけど」

「え……」

「お兄さんが亡くなったあと……わたし、思い切りすぐるくんを責めたの。やりきれへんかったから……。すぐるくんと骨髄が一致したら、淳さんは死ななかったのにって。どうして兄弟なのに、移植ができないのってひどいことを言ったの」

「……っ！」

「すぐるくんにいっぱい罪の意識を植えつけてしまって。兄も助けられないのかってめちゃくちゃ責めたの。まだ二十歳だったあのひとを」

「そんな……だって、それ、あのひとになんの責任もないことですよ」

「そうよ、わかってる、でも喪失感に耐えられなくてすぐるくんを何度も責めたんよ。あのひとだって、親代わりのお兄さんを亡くして哀しんでいるのに。わたし、自分の苦しさからのがれたくて、すぐるくんに哀しみをぶつけることしかできなくて」

そうだったのか。

「あのひと、そのあと、贖罪のためだけに生きていた気がする。でももう解放したげなあかんね。あなたみたいな素敵な人と結婚しはるんやし」

沙耶は硬直した。

もしかしてすっかり勘違いしていた？

彼女はお兄さんの恋人で、子供というのはお兄さんの子供……。

「……っ」

そういえば、写真館の写真……お兄さんと新堂はそっくりだった。

甥っ子……。

「……」

思わず力が抜けて涙が出てきた。彼女はそんな沙耶を勘違いしたのか、肩に手をかけてなぐさめようとしてくれる。

「ごめんね、ほんとにごめん。子供のことも知らないまま旅立った淳くんを思うと胸が張り裂けそうで、自分も死にそうで……吐き出すところがない気持ちを全部すぐるくんにぶつけて、傷つけてしまったのよ。あのひと、大学もやめて、淳くんの借金も返して、隣の建物も改装して住まわせてくれて……ひどいわよね、彼に罪悪感を与え、わたし、そこにあぐらをかいてたのよ。最低の人間だわ」

和嘉子も泣いている。沙耶はほおをぐっしょりと濡らしていた。

「このままだと彼の人生を台無しにしてしまうと思って、わたし、二年前にここを飛び出したの。実家に息子を連れて」

「でもどうしてあのひとに息子さんと会わないでって」

「息子がすぐるくんのこと、ほんとの父親と思うようになってしまったから。それはどっちにも悲劇でしょう」

パパ……か。彼と兄は顔もそっくりだし、沙耶も誤解するほどだ。子供が勘違いしてもおかしくないだろう。

「悲劇かもしれませんが……わたし、新堂さんにとって励みだった気もします。コウスケくんは彼の唯一の肉親ですから」

「そうね……だからふつうの叔父と甥にもどさないとね」

だから、この前、一旦、会わせないようにすると言っていたのか。

「そうですね……笑顔で叔父と甥として会えるようになってほしいです」

「ごめんね、謝って済む問題じゃないけど」

「だからって養育費を返さなくても」

「それはいいの。代わりにうちの家のお米を買ってくれているから」

「お米？」

そうか、彼女の住所は京丹波町だった。あそこからお酒用の米を買っているのか。

「だからもういいの。これからはお商売だけのお付きあいで」

「わかりました。そういうことだったのですね」

「ええ。すぐるくんのこと、たのんだわ。とってもいいひと……あ、こんなこと、わたしが言わなくてもわかるよね」

「……」

沙耶は涙を流しながらうなずいた。

「じゃあ、ここ、自由にしてください。なにか困ったことがあったらお手伝いに来ますので、遠慮なく言ってくださいね」

「ありがとう」

涙を流しながらもホッとした顔で笑みを浮かべる。我ながらわかりやすい性格をしていると思う。

和嘉子さんはとても素敵なひとだと思った。もっと魔性の女のように思っていたけれど、そうじゃなくて、新堂が懸命に助けようとした女性だ。

このひとのことを彼が好きだったかどうかはわからない。でもそれでもいいという気持ちになってくる。

こんなひとを好きになったのなら、それも素敵じゃないかと思えてきて。

その反面、ちょっとホッとしていた。お兄さんの恋人だったとわかって。


「あ……聞いてたんだ」

店にもどろうとすると、玄関の前に新堂が立っていた。

「やっぱり遠野さん、いや、あんた……いや、沙耶でよかったです」

初めて「沙耶」と名前で呼ばれてどきっとした。

「今……なんて」

「あ、いや、こう見えて……けっこうモテるんですよ、おれ」

「はあ、それが？」

自分で言うか、あんたはー。とツッコみたいが、それは本当のことだ。

「でもさ、その分、こっちは妙に冷めてて。あまり自分から親しくなりたいって思う相手がいなかったんです」

「ほお、それで？」

「友達は純正和尚がいればいいし、酒造りも八田さんがいれば仕事もなんとかなったし
……親はいなくても紫子さんが祖母みたいだし」

「ふん、だから？」

「だから対人関係にそう執着なかったんですが……そのわりに契約結婚の相手……いいひとを選んだなと自画自賛してます」

「はあ、はあああ？」

なにが言いたいんだ、この男は。

「沙耶、あんたはおれが今まで会ったなかで一番いいです。なんで一緒にいるのが楽なのかわかりました」

真摯な眼差しで見つめられ、ドキドキしてきた。

そそそそ、それは……つまりわたしに惚れたってことかしらあああ？

ほおが熱くなる。ああ、柚子のにごり酒でも飲みたい気分。でもいいですわよ、その続きの言葉を聞いてさしあげるわ。

「教えて、どうして楽なのか……理由を」

「吟とそっくりだからです」

「……」

一瞬、沙耶は絶句した。

吟？　つまり吟太郎とそっくり？　どういうこと？

「思いやりがあって、優しくてお節介で、人がよくて正直、それから一緒にいると幸せな気持ちになる。前向きな性格。吟にそっくりなんです。だからそばにいるととても楽なんですね」

「……！」

殴りたい。神さま、この男、殴っていいですか？

思わずぐーで殴ってやろうかと思ったそのとき、試飲会の会場から八田さんが出てきた。

そしてニコニコとしながら二人に近づいてくる。

「すぐる坊ちゃん、あんた、ええお嫁さん、見つけてきはったなあ」

八田さん……。

それから他の職人さんたちもぞろぞろとやってくる。

「わしらもそう思います。あかるくて元気で素敵なひとが来てくれたもんやと感動してます」

「ほんまや。わしの意地悪にもちょっかいにも負けんと、いつも笑顔で一生懸命やってる姿には感心してた。一度しか言わん。あんたのこと、嫁として認めてやる」

認めてもらえた。胸が熱くなり、沙耶は声を震わせた。

「い、いいの？　おじいちゃん、わたしでもいいの？」

「ええ、あんたがええんや。あんたでなかったらつとまらん、ここの女将は」

八田さんは妙にしっかりした口調で言った。

「この嫁さんやったら、この店、続けられるわ」

「え……」

「親友やった坊ちゃんの祖父さんからもくれぐれもと頼まれたけど……坊ちゃん、ここを続けなあかん。他の店の社員になったらあかん。あんたはここを続けるんや」

「わしらもそう思います。及ばずながら、すぐる坊ちゃんが続けるんやったらついていきます」

「おれもこの奥さんと一緒にがんばっていかはるんやったら」

　全員が拍手をしている。

「新堂さん、わたしたちもそう思っていますよ」

　職人さんの後ろからご贔屓さんたちが声をかけてくれる。

「……っ」

　新堂の目がほんのり濡れていることに気づいた。

「ありがとうございます。改めて実感しました、本当にたくさんのひとに守られて……この店が存在している、と。こんな小さな造り酒屋を続けていくより、大きな酒造会社の一員になったほうがいいんじゃないかと思うこともありましたが……そうじゃないですね、おいしい酒を造りたい、みんなに届けたいという気持ちがあれば、小さな場所だから……なんて、関係ないですね」

　しみじみと言いながら、新堂がちらっと視線をむけてくる。

「そうですよね？」と同意を求められている気がして、沙耶がコクリとうなずくと、新堂はちょっと照れたような笑みを口元に浮かべた。

「ですからここで、この洛中でこれからも挑戦していきます、おいしい酒造りに」

「坊ちゃん、がんばって、あんた、絶対京都一の、ううん、日本一の杜氏になるんや。そやからがんばりや」

八田さんが笑顔で言う。

やはり百年近く生きてきたひとの言葉の重みは違う。そう思った。

沙耶はソラくんを抱きしめた。吟太郎がよってくる。そのとき、頭にふわっとなにかが乗った。

「これ」

頭上に乗っかっていたのは三角巾だった。

天舞酒造の刺繡入りのもの。ここの職人さんたちが全員つけているものだが、沙耶のものだけピンク色の刺繡だ。

めちゃくちゃ可愛い。鳥が羽ばたいている絵が入っている。

「それ、『天翔の舞』のマーク」

「うわっ、素敵」

沙耶は喜んで頭につけてみた。鏡を見ると、もう完全に酒造の女将に見える……ような気がする。

「ありがとう」

「さて、新酒の生搾りの名前を発表するとしますか」

「なんにするの？」

「さやの息吹」

新堂は半紙に墨で書いた文字を見せた。

さやの息吹……。

(え……もしかして、わたしの名前？)

店内が、わあっとざわめく。

「さあ、どうぞ飲んでいってください。野性味あふれる生搾りです。アマゾンのジャガー、サバンナの豹、太陽の光と大地のエネルギーを感じさせる生命力にあふれた元気になる生搾りです」

唖然としている沙耶に視線をむけると、新堂は青いグラスに生搾りを入れて差しだしてきた。

「さあ、乾杯の音頭を。この酒そのものと、新しい天舞酒造の女将として」

新しいここの女将――。

その言葉に、ああ、もうとっくにここに自分の居場所があったのだと胸が熱くなってくる。

あかるく、笑顔で、元気で、前向き――大地のエネルギーに満ちた女将。それがわたしの役目なら、まっとうしよう。

このお酒のために。これを飲んで幸せな気持ちになるひとのために。

沙耶はグラスを上にあげ、そんな祈りをこめて乾杯の音頭をとった。

「では、新酒、さやの息吹の完成を祝って」

◇◇◇

　京都の夏は祇園祭の山鉾巡行とともにはじまる——と言われているように、長い梅雨があけ、雲ひとつないさわやかな夏空が広がっていた。

「ソラくん、吟ちゃん、はい、朝ごはん」

　中庭の前の縁側にフードの入った器を置き、二匹にそれぞれフードをだす。吟太郎、ついこの前まで子供子供していたのに、もうすっかり大きくなったように思う。

「さて今日から、新たにこののれんが使えるのよね」

　沙耶は三角巾を頭に巻くと、昨日、届いたばかりののれんを手に玄関のガラス戸を開けた。この三角巾と同じ「天舞酒造」のマーク入りの真新しいのれん。まだノリがきいているせいか、パリッとしてとてもかっこいい。

「あ、できあがったんですか。素敵ですね」

　のれんをかけようと背伸びをしていると、店から出てきた新堂がひょいと手にとって、そこにかけてくれる。

「ありがとう」

沙耶は少し離れた場所から店をながめた。

木漏れ日を浴び、真っ白なのれんが風に揺れる姿がとても清々しい。店の前にずらっと並んだ酒瓶や酒樽。それから杉の玉。

そのすべてが新しいのれんと調和している。

ひとが生活をする場であり、酒というものづくりの場でもあり、またそれを売る場所でもある洛中のこの町家。

自分の大事な居場所だと思うと、愛おしくてどうしようもなくなってくる。

「さあ、今日はいそがしくなりますよ。がんばってください」

そうだ。今日から店をリニューアルオープンし、店内の一角に立ち飲みできるスペースも用意した。今日から「さやの息吹」をベースにした果実を混ぜたリキュールも出す予定だ。

「店……すごく素敵にしてくれて……感謝してます」

新堂とともにガラス戸のなかに入ると、真新しいヒノキの香りと日本酒の入り混じった風雅な香りがした。

時間的にも資金的にもそう大きな改装はできなかったけれど、以前とはまったく違う新しい店ができあがったように思う。

店内の床は上品な黒い御影石。カウンターは明るいヒノキにし、気軽に座って飲めるように井草の床几を壁ぎわに並べた。

酒瓶を並べていた棚も綺麗なヒノキの棚に変え、そこにボトルの色が映えるよう、色が奥に行くほど濃くなるような感じで並べ、一つずつライトが当たるようにしてみた。その棚の傍らには、黒い花器に活けた季節の花。

今は夏なので、小さなひまわりと紫色の小ぶりの蘭をしっとりと活けている。

「おれの店がこんなに素敵になるなんて……夢のようです」

「わたしこそ、こんなに楽しい仕事のチャンスをくれてありがとう。まだまだ気になるところはあるけど、今のわたしにできる精一杯のことはした気がする」

「じゃあ、そろそろ犬の散歩……と言いたいけど、その前に……言いたいことが」

「……？」

顔を見ると、どうしたのか新堂はついと沙耶から視線をずらした。

「店ができたらちゃんと相談するつもりだったけど……どうする、もう少し……契約、更新する？」

ちょっとだけ恐る恐るといった感じで問いかけてくる。

「え……更新て？」

「来月、東北に……行ったあと……契約の更新……だけど」

「あ、ああ、夏の旅行の話ね」

まだ一カ月もあるよ、と笑う沙耶に、新堂はボソリという。

「早めに答えが知りたい」

「どうしようかな」

「どうしようもこうしようも……ここで……何度も実感すればいいじゃないか」

え……唐突に、どうしたのだろう。実感って、なにを？

「……おいしいことだよ。生きる勇気をもらったり元気になったりするって言ってただろ。だから……」

「だから？」

沙耶は首をかしげた。すると、三角巾の結び目を新堂がクイッと引っ張る。

「更新しろ、いいな」

いきなり命令口調だ。敬語でなくなっていることに驚きながら、沙耶は目をみはって新堂の横顔を見あげた。

「今……なんて？」

「だから更新しろ……って、言ったんだ」

「……それ……命令？」

「え……」

「それともお願い？」

どっち？　と沙耶が冗談めかして問いかけると、新堂は顔をそむけたまま沙耶の腕をつかんで強引に縁側にむかって歩きはじめた。

「ちょっと……どうしたの」

「涼しいうちに、散歩に行くぞ、散歩に」

「ソラくんも一緒にいい？」

「ああ。行こう、これからも、毎朝、こうして」

「これからも？」

「そうだ、ずっと四人で」

あ、またソラくんと吟太郎が人間になっていると思いながらも、「ずっと四人で」という言葉に胸がはずんだ。

いいんだ、これで。こういうのもアリかもしれない。

わたしの居場所……。まだ契約結婚のままだけど、はんなりと、それでいて元気にここでやっていく。自分が創った新しい店で。そして彼が沙耶をイメージして造ってくれたあのお酒のように、生き生きと。

本書は書き下ろしです。

京都《きょうと》はんなり、かりそめ婚《こん》

洛中《らくちゅう》で新酒《しんしゅ》をめしあがれ

華藤《かとう》えれな

2020年7月5日初版発行
2020年7月26日第2刷

発行者……………千葉 均
発行所……………株式会社ポプラ社
〒102-8519 東京都千代田区麹町4-2-6
電話……………03-5877-8109(営業)
03-5877-8112(編集)
フォーマットデザイン 荻窪裕司(design clopper)
組版・校閲 株式会社鷗来堂
印刷・製本 中央精版印刷株式会社

乱丁・落丁本はお取り替えいたします。
小社宛にご連絡ください。
電話番号 0120-666-553
受付時間は、月～金曜日、9時～17時です(祝日・休日は除く)。

ポプラ文庫ピュアフル

ホームページ www.poplar.co.jp

N.D.C.913/292p/15cm
ISBN978-4-591-16714-4
P8111298

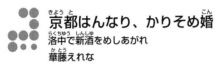

二人の龍神様にはさまれて……!?
あやかし契約結婚物語

佐々木禎子
『あやかし温泉郷
龍神様のお嫁さん…のはずですが!?』

装画：スオウ

札幌の私立高校に通う宍戸琴音は、ある日学校の帰りに怪しいタクシーで「とこよ」のボロい温泉宿につれていかれる。そこには優しく儚げな龍神ハクと、強面で高圧的な龍神クズがいた。病弱な親友ハクの嫁になって助けるように、とクズに命じられた琴音は、とりあえず宿の仕事を手伝うことに。ところがこの二人、仲が良すぎて、琴音はすっかり壁の花…？　イレギュラー契約結婚ストーリー！